Kerstin Schmolz - Der Tote am Holstentor



DIVA
Verlag-Kassel

Kerstin Schmolz

# Der Tote am Holstentor

Kriminalroman

Bei den bestehenden Ereignissen handelt es sich - trotz realer Schauplätze und vieler an die Wirklichkeit angelehnte Personen - um reine Fiktion. Ähnlichkeiten oder Namensgleichheiten mit realen Personen sind zufälliger Natur und nicht von der Autorin beabsichtigt.

Originalausgabe

**DIVA Verlag**
Sickingenstraße 6-8, 34117 Kassel

Umschlaggestaltung: Lisa Herzel, Hamburg
Satz: DIVA Verlag, Kassel
Gesamtherstellung: Thiele und Schwarz, Kassel

1. Auflage Oktober 2000

ISBN 3-933766-06-0

Dank an die Lübecker Zeidler-Bande, ohne deren Unterstützung dieses Buch nicht entstanden wäre, an Daniel für diverse Fahrdienste, an David für seine erstaunliche Geduld während etlicher "Mama-muß-sich-eben-nochmal-Notizen-machen-gleich-mein-Schatz"-Momente, an meine wunderbare Patentochter Lillian, die (noch) nichts von ihrem Part in diesem Buch ahnt, an die drei Mitarbeiterinnen von Ostrov, an Elke, die immer die Anmutigste bleiben wird und an meine anderen tollen Freundinnen in Bremen und anderswo!

# Prolog

Er hörte den Schuß und spürte einen furchtbaren Schlag in seinem Bauch.
Erstaunt dachte er nach, daß dies so ganz anders war als im Film, wo der Mörder regelmäßig noch langschweifig um sein Opfer herumschwänzelte und die beiden einen dramatischen Dialog führten.
Die Wirklichkeit war anders.
Der Mörder war aufgetaucht, es war kaum Zeit für ein angemessenes Erstaunen, und dann war da schon dieser schrecklich laute Knall und der Schlag.
Schmerzen spürte er zunächst keine, er klappte nur mit dem Oberkörper nach vorne, als habe ihn ein Rammbock genau in der Mitte getroffen.
Er preßte sich die Hände gegen den Bauch und sah, wie Blut zwischen seinen Fingern hervorquoll.
Er blickte entsetzt auf und wollte etwas fragen oder um Hilfe schreien, sich irgendwie verständlich machen. Es kam kein Ton heraus, nur ein seltsam gurgelndes Stöhnen.
»Was...?« dachte er noch, und in ihm begann ein schmerzvolles Pochen.
Das Blut spritzte in heftigen Stößen aus seinem Körper.
Ihm wurde schwindelig, heiß und er meinte, keine Luft mehr zu bekommen. Vor seinen Augen verschwammen die Bilder, er konnte seine Gedanken nicht mehr fixieren.
Eine ungeheure Panik stieg in ihm hoch, und er wollte davonlaufen.
Statt dessen fiel er nach vorn.
Alles um ihn herum wurde schwarz, Geräusche nahm er nur noch wie aus weiter Ferne wahr.

Schließlich hörten die Schmerzen und das Hämmern des Herzens auf, und völlig überrascht erblickte er einen hellstrahlenden Lichttunnel.
Sein Gehirn gab unkontrolliert Erinnerungsfetzen frei.
Ihm war, als ob er sich auf das Licht zubewegte.

Und dann war er tot.

# 1

Der Wecker schrillte laut und aufdringlich. Ich beeilte mich, ihn zum Schweigen zu bringen und zog die Bettdecke noch etwas weiter über die Schultern, obwohl es gar nicht kalt war.
Ich war schon seit zwei Stunden wach, konnte mich aber nicht überwinden aufzustehen. Feindselig starrte ich auf die leuchtenden Ziffern. Blink, Blink, Blink, wieder ein paar Sekunden vorüber.
Schließlich atmete ich tief ein und seufzte. Es nützte ja nichts, die Arbeit wartete.

Die Computersysteme der Lübecker Behörden warteten auf mich, und meine Aufgabe war es, die Rechner miteinander zu vernetzen, ans Internet anzuschließen und die Daten gegen Zugriff von außen zu sichern.
Vor sieben Wochen war mein Chef auf mich zugekommen und hatte mich gefragt, ob ich mir vorstellen könne, diesen Job zu übernehmen. Ich hatte fast sofort zugestimmt.
Es konnte nur gut für mich sein, aus Bremen herauszukommen, jetzt, nachdem Bernd und ich uns getrennt hatten, und meine beste Freundin Karen die Wochenenden meistens bei ihrem Freund in Hamburg verbrachte.

Lustlos ließ ich die Beine von der Bettkante baumeln. Heute hatte ich im ersten Polizeirevier in der Mengstraße zu tun.
Ich ging unter die Dusche und stellte das Wasser extra ein bißchen zu kalt ein, damit ich nicht zu lange dort stehenblieb und dem Wasser nachspürte, wie es immer wieder neue Wege ausprobierend über meinen Körper floß.

Ich schäumte meine schulterlangen, braunen Haare ein und kniff die Augen zusammen, als ich das Shampoo ausspülte, huh, das war jetzt doch etwas zu kalt.
Hastig rubbelte ich mich trocken und tastete nach dem Föhn. Bevor ich das Badezimmer verließ, gab ich darauf acht, daß alle Gegenstände auch genau wieder an dem Platz waren, an dem ich sie vorgefunden hatte.

In den ersten Tagen des Zusammenwohnens mit Eva hatte ich nicht so sehr darauf geachtet, und sie hatte mir mächtig den Marsch geblasen.
»Ich bin schon wieder über deinen verdammten Schuh gestolpert!« brüllte Eva dann, nahm ihn und schmiß ihn in die Richtung, in der sie mich vermutete.
»Wenn du nicht damit klarkommst, mit einer Blinden zu leben, mußt du wieder ausziehen!«
Aber ich gab mir Mühe und sehr schnell entwickelten wir eine gemeinsame Routine, was unser Zusammenwohnen betraf. Ich las Eva ausführlich die Zeitung vor, und sie bestand darauf, meine Wäsche mitzuwaschen. Das sie bei dieser Aktivität regelmäßig die Kleidung gründlich verfärbte, erwähnte ich mit keiner Silbe.
Mit Eva klarzukommen war eine echte Herausforderung, und bisher hatten es ihre Mitbewohner nicht lange ausgehalten.
Ich hatte keine Ahnung, wie umgänglich Eva vor ihrem Autounfall, der sie das Augenlicht gekostet hatte, gewesen war, aber jetzt war sie ziemlich launisch.
Ich hatte mal ein Buch über die Trauerphasen gelesen, die jemand, der einen Verlust erlitt, durchlief: Verleugnung, Wut, Verhandlung, Depression und schließlich die Annahme des Schicksals.
Wenn diese Theorie richtig war, hatte sich Eva in der Wutphase recht dauerhaft eine Nische eingerichtet.

Sie war der zornigste Mensch, dem ich je begegnet war. Und nicht trotzdem, sondern gerade deshalb wohnte ich weiterhin mit ihr zusammen. Ich erfreute mich an Evas Tobsuchtsanfällen, ihrer Ungeduld und Reizbarkeit.
Seit den Ereignissen des letzten Jahres fühlte ich mich seltsam taub und dumpf. Ich wünschte mir beinahe, ich könnte für die erlittenen Verluste ähnlich viel Ärger aufbringen wie meine blinde Mitbewohnerin für ihre. Doch auch dadurch, daß ich Evas Wutausbrüchen unmittelbar mitbekam, fühlte ich mich seltsam wiederbelebt.
»Eva hat so viel Zorn, daß er auch für mich reicht, dafür kann ich die Zeitung für uns beide lesen«, murmelte ich vor mich hin.
»Was für eine Arbeitsteilung.«

Ich zog ein verwaschenes T-Shirt aus dem Wäschehaufen und schüttelte den Kopf. Nein, so konnte ich nicht zur Arbeit erscheinen.
Meine schwarze Jeans hatte Evas Waschaktionen ganz gut überstanden, und ich kramte eine blaue Bluse hervor, die ich bisher heimlich von Hand gewaschen hatte. Ich zog und zupfte, bis das Kleidungsstück einigermaßen glatt aussah und schlüpfte hinein. Es kostete mich einiges an Überwindung, mir einen Kopf um mein Äußeres zu machen, ich fand solche Dinge einfach nur noch unwichtig und lästig.
Karen war ganz erleichtert gewesen, als ich ihr von dem Wechsel nach Lübeck erzählt hatte.
»Es wird auch Zeit, daß du rauskommst, du hast inzwischen nämlich schon reichlich depressive Züge.«
»Reichlich depressive Züge« war dabei noch nett ausgedrückt, es gab Tage, an denen ich mich nicht mal überreden konnte aufzustehen.
Und dabei war ich immer aktiv gewesen, hatte die Dinge

angepackt und genau gewußt, was ich wollte.
Vielleicht ging es mir deshalb jetzt so schlecht, mir fehlte einfach die Erfahrung, wie es war, wenn man hilflos war, sich antriebs- und lustlos fühlte.
Ich zog vor dem Spiegel eine Grimasse und schnappte mir den Wohnungsschlüssel.
Es war Zeit, die Lübecker Polizei - technisch gesehen - ins neue Jahrtausend zu befördern.

# 2

Ich ging die Friedenstrasse hinunter und kaufte mir bei Pagel drei Brötchen für die Frühstückspause.
Dann marschierte ich weiter, erreichte die Schwartauer Allee, und, wie immer, lief mir sofort das Wasser im Munde zusammen. Ich holte ein weiches Brötchen aus der duftenden Tüte und biß hinein. Ich war nicht besser als der Pawlowsche Hund, der anfing zu speicheln, sobald er die Glocke hörte. Jedesmal, wenn ich den Namenszug auf einem Schild las, dachte ich an Marmelade, einen liebevoll gedeckten Frühstückstisch, an dem sich eine gutgelaunte Familie niederließ – und bekam Hunger.
Ich befand mich bereits auf der Marienbrücke, als ich den letzten Bissen herunterschluckte. Ein Blick zur Uhr sagte mir, daß ich noch Zeit hatte und mich nicht abhetzen mußte. Also ließ ich den Blick schweifen und zählte Turmspitzen – neun. Ich fragte mich, warum immer nur von den »sieben« Kirchtürmen die Rede war, wenn es um Lübeck ging. Für mich jedenfalls war es die Stadt der Türme und Türmchen, die sich zuhauf elegant und wehrhaft in den Himmel emporstreckten.
Ich bog rechts ab und lief die Treppe hinunter zum Parkplatz, hielt auf das weiß leuchtende Musik- und Kongreßhaus zu und überquerte dort die Brücke über die Stadttrave.
Trotz der frühen Stunde waren schon Touristenbusse unterwegs, die ankamen, ihren Inhalt ausspuckten und Stunden später, einem Maulbrüter ähnlich, wieder einsaugten. Die Touristen waren gut ausgerüstet mit kleinen Rucksäcken und Kameras und freuten sich über den schönen Junitag. Sogar auf den Touristenbooten herrschte bereits reger Betrieb.

Ich bog links ab in die Mengstraße und fand das Polizeirevier sofort.
Ich trat ein. Ein Polizist musterte mich desinteressiert. Als ich ihm erklärte, was ich wollte, war er sichtlich irritiert.
»Wir erwarten einen EDV-Spezialisten aus Bremen«, er kramte ein wenig herum, »einen M. Schuster.«
»Marlene«, stellte ich mich artig vor, und zögernd gab er mir die Hand.
»Na denn«, antwortete er mir, »ich bin Wolfgang. Der Revierleiter ist noch nicht da, aber ich zeige dir schon mal, wo alles steht.«
Daraufhin führte er mich zu einem kleinen Abstellraum, in dem sich unzählige Kisten stapelten.
»Unsere neuen Computer, letzte Woche geliefert. Sind noch original verpackt.«
Darauf schien er recht stolz zu sein.
Ich stöhnte leise. Das war ja toll, noch vor dem Nachmittag würde ich mir einen Hexenschuß eingefangen haben.
»Wo sollen die denn überhaupt hin?« fragte ich vorsichtig. Hoffentlich gab es wenigstens dafür einen Plan.
Wolfgang deutete vage nach vorne und meinte: »Na ja, dahin, wo bisher die alten standen. Oder die alten Schreibmaschinen. Da ist wohl auch schon einiges für die anderen Reviere dabei.«
»Faß mal mit an«, sagte ich und griff mir einen der Kartons. Die waren offensichtlich recht willkürlich gestapelt worden, Drucker, Festplatten, Monitore, Scanner, Faxgeräte, alles war bunt gemischt.

Nach zwei Stunden nervenaufreibender Sortiererei beschloß ich, mir eine Pause zu gönnen.
Bestimmt gab es hier irgendwo Kaffee. In amerikanischen Filmen tranken die Cops schließlich immerzu

Kaffee, wenn sie nicht gerade in eine spannende Verfolgungsjagd verwickelt waren. Und manchmal tranken sie sogar dann Kaffee.
Wolfgang und noch zwei weitere Polizisten, Hartmut und Michael, schienen ganz ähnliche Gedanken gehabt zu haben, was die Pause anging. Mit einladender Geste bot mir Wolfgang einen Platz an.
Ich setzte mich und packte meine restlichen Brötchen aus. Dabei war ich mir unsicher, ob die Männerrunde mich mehr als Störfaktor oder als interessantes Studienobjekt betrachtete.
»Ohne was drauf?« fragte Michael, und ich blickte verwundert hoch. Er deutete auf meine Brötchen. Ich zuckte die Achseln.
Er schüttelte den Kopf.
»Das geht aber nicht. Warte mal, im Kühlschrank sind noch Marmelade und Käse.«
Während er aufstand, hatte mir Hartmut bereits Zucker und Milch offeriert.
Ich war soviel Aufmerksamkeit schlichtweg nicht mehr gewohnt und versuchte mühsam, mich daran zu erinnern, wie das funktionierte, wenn Menschen miteinander bei einer Mahlzeit Konversation betrieben. Seit einem halben Jahr aß ich beim Fernsehen oder hatte eine Zeitung vor der Nase, während ich mir das Essen achtlos in den Mund stopfte.
Ich strich mir verlegen eine Haarsträhne hinters Ohr und bedankte mich. Die Männer wischten dies mit einer Handbewegung weg und waren bereits wieder in die Beurteilung der Wochenendleistung des VfB Lübeck vertieft.

# 3

Am frühen Nachmittag hatte ich die Nase gestrichen voll.

Bisher hatte ich nur Kartons geschleppt, Kabel gesucht und Installations-CDs gesichtet. Ich machte mich auf den Weg zum Revierleiter.

Der hieß Schulze und sah eigentlich ganz verständig aus.

»Ah, die Computerfachfrau aus Bremen!« begrüßte er mich.

Ich nickte ihm zu.

Dann legte ich los: »Herr Schulze, ich möchte Sie gerne auf etwas hinweisen, zumal unsere Zusammenarbeit sich ja möglicherweise noch etwas hinzieht.«

Der Revierleiter hob die Handflächen nach oben: »Ja, bitte.«

»Irgendwann wird meine Firma eine Rechnung über meine Arbeitsleistung hier zusammenstellen.«

Schulze nahm die Hände wieder an sich und kniff leicht die Augen zusammen.

»Ich möchte Sie nur darauf hinweisen, daß es meinem Boß völlig egal ist, ob ich hier Kisten schleppe, Klorollen auswechsele oder die neuen PCs vernetze. Mein Stundenhonorar ist in jedem Fall dasselbe.«

Schulze verschränkte abwehrend seine Arme ineinander.

Ich hielt es für angebracht, mein sonnigstes Lächeln aufzusetzen.

»Also, mir ist es eigentlich gleich, ich trage meinetwegen die ganze Woche lang die alten Geräte in den Abstellraum, bis ich mich an meine eigentliche Arbeit mache, aber ich wollte Sie doch auf die Kosten hingewiesen haben.«

Ich nickte noch mal freundlich und schickte mich an, den Raum zu verlassen.

»Warten Sie mal!«
Ich blieb, die Hand auf der Türklinke, stehen und drehte mich um.
»Machen Sie einen Plan, was wohin muß, und ich werde mich umgehend darum kümmern.«
Cleverer Junge, kein Wunder, daß er es zum Revierleiter geschafft hatte.
Ich nickte ihm dankbar zu und ging.

Den Rest des Tages verbrachte ich damit, die Kartons zu beschriften und eine Aufstellung zu machen, was ich wo brauchte. Dabei bog ich meine Schultern vor und zurück und streckte den Rücken durch.
Warum war ich nicht viel früher zu Schulze getrabt?
Ich massierte meinen Nacken so gut es eben ging und registrierte nebenbei, daß eine sehr aufgeregte Frau das Revier betrat.
»Meine Tochter ist verschwunden!« platzte es aus ihr heraus, und sie unterdrückte ein lautes Stöhnen, indem sie ein Taschentuch auf ihre Lippen preßte.
Hartmut wandte sich ihr zu und fragte: »Wie heißt denn Ihre Tochter?«
»Ihr Name ist Karla, Karla Bachstein. Sie ist siebzehn und gestern abend nicht nach Hause gekommen.«
Ich konnte trotz des räumlichen Abstands förmlich Hartmuts Seufzer spüren. Soviel Papierkram kam auf ihn zu, wahrscheinlich nur, weil Karla verbotenerweise eine Nacht bei einem Freund oder vielleicht sogar nur bei einer Freundin geblieben war.
Mit halbem Ohr hörte ich, wie Hartmut die Frau darüber aufklärte, wieviel Zeit vergehen mußte, bis eine Vermißtenmeldung in den Medien durchgegeben werden konnte, sie fragte, ob sie ein aktuelles Foto hatte und ob es nicht vielleicht doch eine kleine Meinungs-

verschiedenheit gegeben hatte...
Geduldig wartete er mehrere Schluchzer ab und versuchte, die Frau zu beruhigen.
Ich wandte mich, jetzt ganz froh über meine stupide Schreibtischarbeit, wieder meiner Liste zu und schrieb jeden Adapter, den ich brauchen würde, extra auf.
Als ich fast fertig war, hatte Hartmut die Frau nach Hause geschickt und kam kopfschüttelnd an mir vorbei.
»Immer der gleiche Scheiß«, brummte er und suchte nach seinen Zigaretten.
Ich brachte Schulze meine Aufzeichnungen vorbei und verabschiedete mich.

Eiligst verschwand ich aus dem Revier, mitten hinein in den schönen sommerlichen Spätnachmittag und atmete tief durch.

# 4

Als ich zu Hause ankam, führte sich Billy, Evas Blindenhündin, wie verrückt auf.
Zuerst war ich von der Idee, mit einem Hund zusammenzuleben, nicht so begeistert gewesen, aber jetzt freute ich mich jedesmal fast genauso unbändig wie Billy, wenn ich die Wohnung betrat und sie mich schwanzwedelnd erwartete.
Ich kraulte und streichelte sie und schob sie schließlich weg. Gut erzogen wie jeder Blindenhund verzog sie sich in ihre Ecke, behielt mich allerdings im Auge – es war ja nicht auszuschließen, daß ich doch noch einen kleinen Leckerbissen für sie hatte.

Billy war zu Eva gekommen, als die Sexaffäre um Bill Clinton begonnen hatte, und Eva hatte die Schäferhündin doch tatsächlich »Clinton« genannt.
Als ich eingezogen war, hatte ich Eva gesagt, daß ich mich weigern würde, mit einer Hündin namens »Clinton« herumzulaufen. Eva hatte daraufhin »Lewinsky« vorgeschlagen, aber das fand ich noch geschmackloser und schließlich hatten wir uns auf »Billy» geeinigt.
Die Umgetaufte nahm es gelassen, sie war wahrscheinlich durch ihre Ausbildung an so viele für sie absurde Verhaltensweisen von Menschen gewohnt, daß ein neuer Name sie kaum aus der Fassung bringen konnte.

Eva kam ebenfalls aus ihrem Zimmer und wenn ihre Reaktionen auf meine Heimkehr auch weit entfernt von Billies waren, hätte ich einiges darauf gewettet, daß sie sich auch freute, daß ich wieder da war.
Sie ging in die Küche und kramte in einer Schublade herum.

»Wie war's denn so?« fragte sie beiläufig.
Ich erzählte von meinem ersten Tag auf dem Polizeirevier und ließ mich erschöpft auf einen Stuhl fallen.
»Jetzt habe ich Hunger!« beendete ich schließlich meinen Bericht.
»Laß uns ins Intermezzo gehen und dort was essen. Dabei feiern wir deinen ersten Arbeitstag bei der Lübecker Polizei«, schlug Eva vor.
Billy sprang sofort auf und wedelte wie wild mit dem Schwanz, als ob sie jedes Wort verstanden hatte und nun darauf brannte loszukommen.
Ich zögerte einen kleinen Moment. Schon wieder ein Essen in Gesellschaft. Seit einem halben Jahr hatte ich mich konsequent von meinen Mitmenschen zurückgezogen, vergraben in meine Arbeit, die wenig normale Konversation benötigte und ansonsten meine Zeit zu Hause vor dem Fernseher verbracht, wo ich jedesmal, wenn mir das Programm nicht gleich zusagte, wegzappen konnte.
Dieser Tag wimmelte nur so von Herausforderungen.
Ich griff nach Portemonnaie und Schlüsseln und feuerte mich mit einem: »Na, dann mal los!« an.
Eva fragte mich, ob draußen noch schönes Wetter war und als ich dies bejahte, bat sie mich, ihre Sonnenbrille zu suchen. Als sie sich in der Zwischenzeit auch noch die Haare kämmte, wußte ich, daß ihr dieser kleine Ausflug viel bedeutete.
Seit zwölf Tagen wohnten wir zusammen, und bisher hatte sie sich größte Mühe gegeben, mir zu zeigen, wie scheißegal ihr alles war.
Als sie bemerkte, daß ich meine Sonnenbrille ebenfalls suchte, schien der Gedanke, daß wir um die Augen herum uniform unterwegs sein würden, ihr sehr zu gefallen.
Wir machten uns auf in Richtung Marienstraße, und schließlich setzte Eva unsicher an: »Weißt du Marlene,

ich meine, ich habe mich gefragt...«
»Schieß los, wenn ich was nicht beantworten will, tue ich das auch nicht«, entgegnete ich ihr aufmunternd.
Was wollte sie wohl wissen? Warum ich aus Bremen für einen jetzt noch nicht überschaubaren Zeitraum weggegangen war? Warum ich mit Computern arbeitete? Wie ich Lübeck fand?
Eva zögerte noch einen Moment, und schließlich platzte ein kleines Lachen aus ihr heraus: »Ich habe mich gefragt, wie du wohl aussiehst!«
Ich starrte sie verblüfft an und mußte auch lachen.
Klar, das hätte mich an ihrer Stelle auch interessiert. Ich hatte mir bisher gar keine Gedanken darüber gemacht, daß wir zwar zusammenwohnten, sie mein Aussehen aber nicht hätte beschreiben können.
»Also«, begann ich deshalb, »ich bin circa 1,70 m groß, habe früher mal viel Sport getrieben, meine Haare sind braun, glatt und gehen fast bis zu den Schultern, meine Augenfarbe ist ebenfalls braun, tja...«
Ich überlegte, was noch von Interesse sein konnte.
»Bist du hübsch?« wollte Eva wissen.
Ich wurde etwas verlegen. »Tja, also...«
In dem Moment kam uns ein Passant entgegen. Eva sprach ihn an.
»Entschuldigen Sie, aber ich bin blind, und meine Begleiterin bricht sich einen ab, ihr Äußeres zu beschreiben. Würden Sie sagen, daß sie gut aussieht?«
Der Mann zog die Augenbrauen in die Höhe und lächelte.
»Na, ihr Mädels denkt euch aber auch immer was Neues aus, 'ich bin blind', ganz schön raffiniert.«
Er wollte weitergehen, aber das machte Eva wütend.
»Können Sie mir BITTE die Frage beantworten!« fauchte sie ihn an.
Der Mann zuckte erschreckt zusammen.

»Ja«, sagte er gehorsam und sichtlich eingeschüchtert, »Klar sieht sie gut aus.«
Er lugte etwas ängstlich zu mir hinüber.
»Eva, laß diesen Scheiß!« fuhr ich sie an.
Sie zog ihre Hand weg und tastete herum, bis sie Billys Fell spüren konnte. Ich nickte dem Mann freundlich zu, und der machte, daß er weiterkam.
Eva marschierte los, als ob wir ein Wettrennen vereinbart hätten. Wenn sie glaubte, daß ich jetzt hinter ihr herhecheln würde, war sie aber an die Falsche geraten.
»Bleib sofort stehen«, sagte ich laut, »sonst kannst du allein ins Intermezzo gehen.«
Nach ein paar Schritten wurde sie langsamer, und schließlich blieb sie stehen. Als sie sich zu mir umdrehte, war ihr Gesicht zu einer steinernen Maske geworden.
»Was ist dein Problem?« herrschte ich sie an. »Ich mußte doch nur ein bißchen überlegen. Schließlich mußte ich mich noch nie jemandem beschreiben und bin es einfach nicht gewohnt. Deshalb brauchst du doch nicht gleich so einen Aufstand zu machen!«
Eva griff an ihre Sonnenbrille, hinter der ihr eigentlicher Feind zu finden war, ihre sehunfähig gewordenen Augen.
»Du hast keine Ahnung, was für ein beschissenes Gefühl es ist, wenn die einfachsten Dinge zur unüberwindbaren Hürde werden.«
»Ja«, entgegnete ich ihr etwas sanfter, »das stimmt, ich habe keine Ahnung, wie das ist. Also erkläre es mir und sag mir, was ich für dich tun kann. Und versuche - verdammt noch mal - ein bißchen Geduld mit mir und deinen Mitmenschen zu haben. Deine ständige Angriffslustigkeit geht mir auf die Naht.«
Eva schnappte nach Luft.
Passanten waren bereits stehengeblieben und guckten uns interessiert zu.

## 5

»Komm, laß uns weitergehen«, sagte ich zu Eva.
Wir setzten unseren Weg schweigend fort.
In der Engelsgrube brach sie unvermutet ihr Schweigen:
»Hat nichts mit Engeln zu tun«, sagte sie zu mir.
»Wie bitte?« fragte ich verblüfft.
»Die Engelsgrube. Hier wohnten früher reiche Kaufleute, die Handel mit England trieben.«
»Aha«, brummte ich und verhinderte gerade noch, daß Eva gegen einen der aufgestellten Begrenzungspfähle lief. Dann bewunderte ich die vielen Kneipen und ging ein paar Schritte in den entzückenden Bäcker-Gang hinein.
»Gleich sind wir da«, gab Eva bekannt.
Ich hatte den Eindruck, daß sie ihr inneres Gleichgewicht durch ihre Rolle als Stadtführerin wieder halbwegs zurückgewonnen hatte. Und schon hatten wir den Platz erreicht, von dem aus wir links das Intermezzo sehen konnten. Auf der rechten Seite entdeckte ich einen kleinen Buchladen und hätte zu gern mal ins Schaufenster geguckt, aber ich wollte nicht riskieren, Eva schon wieder zu verletzen.

Früher hatte sie Theaterwissenschaften studiert und sogar eine Zeitlang in Hamburg als Souffleuse gearbeitet, bis der Autounfall ihr Leben gründlich durcheinandergebracht hatte.
Eigentlich hätte sie hervorragend weiter soufflieren können, denn sie konnte alle Textstellen in den Theaterstücken ohnehin auswendig und konnte jederzeit dem strauchelnden Schauspieler verbal weiterhelfen. Aber ihr Zorn auf die Unfähigkeit der Künstler hatte sie schließlich den Job gekostet.

»Es heißt: Der arme Knabe wartet schon lange... Du Idiot!« zischte sie etwa, laut vernehmlich auch für das anwesende Publikum.
Als sie schließlich auch noch während einer Aufführung der »Physiker« von Dürrenmatt die Darstellerin der Schwester Monika angefahren hatte, die an einer für Evas Empfinden besonders wichtigen Stelle ihren Text vergessen hatte, nämlich dort, wo Möbius zu Monika sagte, sie habe auch Tränen in den Augen, war es zum Eklat gekommen: »Vor Glück«, hatte Eva die säumige Darstellerin angefahren, »es ist wichtig, daß die Leute wissen, daß du GLÜCKLICH bist und an die Zukunft glaubst, weil du nämlich gleich getötet wirst!!!«
Das anwesende Publikum erfuhr also dieses wichtige Detail lautstark und unmißverständlich aus dem dunklen Versteck der Souffleuse. Einige der Zuschauer, die gerade am Eindämmern gewesen waren, setzten sich kerzengerade hin, nahezu schuldbewußt, daß sie in einem so entscheidenden Augenblick so unaufmerksam gewesen waren.
Eva aber war damit ihren Job los.

Literatur spielte also zweifelsohne eine wichtige Rolle in Evas Leben, und ich wollte unseren Waffenstillstand nicht leichtfertig dadurch gefährden, daß ich mit einem längeren Halt vor dem Buchhandlungsschaufenster in ihren Wunden rührte.
Vor dem Intermezzo angekommen, mußten wir allerdings feststellen, daß wir uns den Weg hätten sparen können: »Wegen Renovierungsarbeiten geschlossen«
Ich wartete ab, ob Eva diese bedauerliche Tatsache als einen persönlichen Affront gegen sich werten würde und war erleichtert, daß dies nicht der Fall zu sein schien.
»Dann bummeln wir eben noch durch die Breite Strasse

und gehen in den Ratskeller«, schlug Eva vor, die unseren Ausflug offensichtlich noch etwas ausdehnen wollte.
Ich war einverstanden, auch wenn mir der Magen nun schon fast in Kniehöhe hing.

Im Ratskeller fanden wir Gott sei Dank sofort einen freien Tisch.
Der Kellner empfahl uns dienstbeflissen das goldprämierte »Lübecker 7 Türme-Gericht«, bestehend aus gebratenem Seelachsfilet auf Kartoffel-Steckrübengemüse, Tomatenwürfeln, Schnittlauchsoße und Röstspeck für 18,00 DM, bevor er uns die Speisekarte überreichte.
Während ich Eva die Karte vorlas, bemerkte ich, daß am Nebentisch ein junger Vater mit einem Säugling saß. Das Baby lag im Arm des Mannes und schlief.
Magisch wurden meine Blicke immer wieder von diesem Bild angezogen. Völlig mechanisch las ich Eva die Speiseauswahl weiter vor und fühlte meinen Hals immer enger werden.
Während Eva über ihre Bestellung nachdachte, konzentrierte ich mich darauf, ruhig zu bleiben. Rippen dehnen und Luft in die Lungenflügel saugen, Brustkorb nach innen und Luft herauspressen und das Ganze noch einmal und noch einmal.
Meine Augen brannten.
Wieder starrte ich auf das Kind. Der Vater hatte eine Zeitung vor sich liegen und las einen anscheinend spannenden Artikel.
Ich wollte es nicht, aber etwas in mir schätzte bereits das Alter des Kindes. Drei oder vier Monate. Ich zwang mich dazu weiterzuatmen und dieses heiße, kribbelige Gefühl in der Brust unter Kontrolle zu bekommen. Ich fühlte mich wie in einer eisernen Lunge gefangen und konnte

nur stillhalten und es durchstehen.
Ich wollte Eva keine Lüge auftischen, warum wir jetzt SOFORT gehen mußten. Ich wollte ihr allerdings auch nicht die Wahrheit sagen.
Vielleicht irgendwann einmal.
Nicht in diesem Augenblick, ich hatte auch so schon Mühe genug, nicht die Beherrschung zu verlieren.
Ich schloß für einen Moment die Augen und biß die Zähne so stark zusammen, daß es weh tat. Doch kein äußerer Schmerz konnte gegen den inneren ankommen.
Mein Kind wäre jetzt auch so alt, wenn es noch leben würde, hallte es in meinem Kopf immer wieder und wieder, während ich mich dazu zwang, der Servicekraft irgendeine Bestellung aufzutragen.
Warum hatte ich gedacht, ich könnte meinen Schmerz in Bremen zurücklassen? Wie naiv war ich eigentlich?

Ich stand das Essen mit Eva und Billy tapfer durch und drängte darauf, hinterher sofort wieder nach Hause zu gehen.
Ich erklärte Eva, daß ich plötzlich todmüde sei.

Zu Hause holte ich aus der obersten Schublade vorsichtig einen kleinen Strampelanzug aus gelbem Samt heraus. Auf der Brust war ein fröhliches Clownsgesicht abgebildet.
Bernd hatte mich beim Kauf noch lachend darauf hingewiesen, daß seine abergläubische Tante extra noch gesagt hatte, daß man vor der Geburt eines Kindes keine Kleidung kaufen dürfe. Sie hatte recht behalten.
Noch vor dem vierten Schwangerschaftsmonat hatte das kleine Herz in meinem Bauch ohne einen ersichtlichen Grund aufgehört zu schlagen.

Dieses Kind hatte mehr in meiner Vorstellung als in der Realität gelebt, doch als es gestorben war, hatte es etwas Wesentliches von mir mitgenommen. Dabei konnte ich noch nicht mal sagen, was genau das war.
Ich vergrub mein Gesicht in den kleinen Strampelanzug und atmete den Geruch von neuem Stoff ein, keine Spur von einer menschlichen Ausdünstung, nichts.

Nebenan fluchte Eva, weil sie die Fernbedienung vom Fernseher nicht sofort finden konnte. Sie saß fast jeden Abend vor dem Fernsehapparat.
Ich nahm mir fest vor, Karen morgen anzurufen und sie zu bitten, am Wochenende zu kommen.
Ich hatte das Gefühl, daß Eva und ich dringend ein bißchen psychologischen Beistand gebrauchen konnten.

# 6

Schulze schien gründlich nachgedacht zu haben.
Er hatte begriffen, daß die technischen Neuerungen ohnehin ihren - ganz erheblichen - Preis haben würden und wollte ganz bestimmt nicht seine Karriere durch zusätzliche verschwenderische Ausgaben gefährden. Schließlich veröffentlichten die Medien ja dauernd Berichte über die leichtsinnige Verschwendung von Steuergeldern, und auf diese Berühmtheit wollte er gern verzichten.
Er hatte also offensichtlich einen klaren Marschbefehl gegeben und der lautete: Marlene Schuster ist in ihrer Arbeit nach Kräften zu unterstützen!

So empfingen mich am Dienstag morgen sorgfältig ausgepackte Computer, die Kabel waren ineinandergesteckt, und ich konnte tatsächlich mit meiner eigentlichen Arbeit beginnen.
Das tat mir sehr gut.
Bei so einer Aufgabe ergaben sich mit schöner Regelmäßigkeit unvorhersehbare Schwierigkeiten. Immer wieder passierte es, daß sich ein Rechner weigerte, seinen Input zu akzeptieren und dann war Tüftelei gefragt. Während ich dann versuchte, dem Problem auf die Spur zu kommen, verging die Zeit immer wie im Flug. Ich wollte dann nur noch mal eben ganz kurz EINE SACHE versuchen, und wupps, waren drei Stunden vergangen.
Aber zunächst einmal gestaltete sich die Installation reibungslos.
Während ich die Programme auf die Festplatte lud, beobachtete ich die Polizisten bei der Arbeit. Fahrraddiebstähle aufnehmen, zu Verkehrsunfällen fahren,

betrunkene Leute von der Straße auflesen und in die Ausnüchterungszelle bringen, verdächtige Fahrzeuge überprüfen und jede Menge Schreibkram über die diversen Aktivitäten. Das war nicht jedermanns Sache. Mehr als einmal hörte ich heftigste Flüche und wütendes Gehacke auf wehrlose Tastaturen.
In solchen Momenten wurden MIR heimliche Seitenblicke zugesandt, zweifelsohne neiderfüllte.

Ich beschloß gerade, nach der nächsten CD-ROM eine Pause einzulegen, als ein Ehepaar ins Revier kam. Beide waren trotz der sommerlichen Hitze kreidebleich und hielten sich an den Händen, als ob sie sich stützen wollten.
Der Mann ergriff die Initiative, stellte sich vor und brachte in nur mühsam beherrschtem Ton vor: »Bitte, können Sie uns helfen? Unser Sohn ist verschwunden.«
Wieder traf es Hartmut.
»Wie alt ist denn ihr Sohn?« wollte er als erstes wissen.
»Sieben«, flüsterte die Frau, »Jonathan ist erst sieben.«
»Seit wann vermissen Sie ihn denn?« fragte Hartmut weiter nach.
»Er hätte schon vor einer Stunde von der Schule nach Hause kommen müssen. Als er nicht kam, haben wir in der Schule angerufen. Dort hat uns die Lehrerin gesagt, daß Jonathan gar nicht im Unterricht war.«
»Schwänzt er öfter mal die Schule?« hakte Hartmut nach.
Die Mutter schüttelte entschieden den Kopf.
»Die Lehrerin war auch ganz bestürzt, weil Jonathan bisher nur gefehlt hat, wenn er krank war. Sie riet uns, gleich hierher zu kommen. Sie wollte in der Zwischenzeit bei seinen Schulkameraden anrufen, ob die etwas wissen.«
Die Frau guckte Hartmut mit weit aufgerissenen Augen an, und ihr Blick bettelte darum, daß er ihr etwas Beruhigendes sagen würde, eine plausible Erklärung für

Jonathans Verhalten anbieten konnte oder, am besten, den Jungen mit einem Zaubertrick hinter einem der Stühle hervorziehen würde.
Statt dessen fragte Hartmut nach dem Schulweg, nach dem Namen der Freunde, nach einer Beschreibung von Jonathan und versuchte, etwas über eventuell vorgefallene Konflikte herauszufinden.
Ich vergaß meine Arbeit völlig und nahm jedes Wort auf. Die Eltern waren so verzweifelt, wenn sie Hartmut etwas vormachten, dann war ihre schauspielerische Leistung oscar-reif.

Nicht mal eine Stunde später kam Karla Bachsteins Mutter ins Revier.
Ihr Gesichtsausdruck hatte etwas Trotziges, so als wolle sie sagen, ich habe es euch doch gleich gesagt! Und sie hatte es tatsächlich bereits gestern richtig erkannt: Ihre Tochter war tatsächlich verschwunden, und keiner, keine Freundin, niemand aus der Schule und nicht einmal ihr Freund, hatten auch nur die leiseste Ahnung, wo sie hätte sein können.

Während sich Wolfgang darum kümmerte, kroch ich fast in einen der Monitore hinein. Ich wollte auf gar keinen Fall Blickkontakt mit der Mutter oder da sonst irgendwie weiter reingezogen werden. Das würde mir nur eine weitere schlaflose Nacht bescheren und die konnte ich wahrhaftig nicht brauchen.
Während ich mich also wieder in meine Arbeit vertiefte, klingelte das Telefon, das neben mir stand. Gedankenverloren nahm ich den Hörer ab.
»Ja, hallo!« meldete ich mich völlig geistesabwesend.
»Ja, hallo? Das sind ja ganz neue Töne. Wer ist denn da? Michael?« fragte eine männliche, sehr sympathische Stimme überrascht und amüsiert.

Ich schaute verblüfft auf den Hörer, den ich in der Hand hielt.
Mist, jetzt war ich einfach so ans Telefon gegangen, hoffentlich gab das jetzt keinen Ärger.
Ich räusperte mich verlegen.
»Äh, nein, hier ist nicht Michael, der ist gerade rausgefahren, aber ich werde Sie umgehend weiterleiten.«
»Moment mal, wer spricht denn da eigentlich?« wollte der Mann von mir wissen.
»Ja«, ich zögerte etwas, »also ich bin Marlene Schuster und installiere gerade die neuen Computersysteme und...«
»... Sie haben den Telefondienst auch gleich netterweise übernommen«, vollendete der unbekannte Gesprächspartner meinen Satz.
»Nein!« sagte ich entschieden. »Es handelt sich hierbei nur um ein Mißverständnis. Ich war in Gedanken. Es wird auch ganz bestimmt nicht wieder vorkommen!«
»Schade, bald werden Sie nämlich auch bei uns eingesetzt, und ich hätte gar nichts gegen etwas Unterstützung«, neckte mich der Typ weiter.
Auch das noch! Wenn ich da, wo auch immer der da war, anfangen würde zu arbeiten, war mir also garantiert schon der Ruf der trotteligen Hobbypolizistin vorausgeeilt. Das hatte mir gerade noch gefehlt! Da wollte ich wenigstens gewappnet sein.
»So, jetzt kennen Sie meinen Namen, dürfte ich dann auch erfahren, wer Sie sind?« fragte ich mit aller mir noch verbliebenen Autorität.
»Selbstverständlich! Gestatten: Jan Rabbe, Oberkommissar bei der Polizeidirektion Schleswig-Holstein Süd, Polizeiinspektion Lübeck, Bezirkskriminalinspektion!«
Ich sah förmlich vor mir, wie er dabei spielerisch die Brust herausdrückte, den Bauch einzog und Haltung annahm.
»Aha. Und Sie befinden sich in der Vorwerker Straße?«

versuchte ich mein Glück.
»Melde gehorsamst, das ist nicht richtig, Madam, Sie finden mich in der Possehlstraße, stets zu Ihren Diensten!« alberte Jan Rabbe weiter.
Ich stöhnte innerlich auf.

»Mit wem telefonierst du denn da?« Michael war zurückgekommen und sein Gesichtsausdruck war ziemlich unwirsch.
»Deine Privatgespräche mußt du auf einer anderen Leitung führen, das geht nicht, daß du diesen Anschluß so lange blockierst.«
Ich wurde tatsächlich rot, und das passiert mir eigentlich nicht so schnell.
»Ein Herr Rabbe für dich«, sagte ich kleinlaut und gab ihm den Hörer, um mich im gleichen Moment wieder meinen Programmierungen zuzuwenden.
In Michaels Reaktion schwang sicher noch der Unmut über die von Schulze verordnete Kartonschlepperei mit. Durch meinen Auftritt bei Schulze hatte ich zwar meine Position klargestellt, mir aber nicht unbedingt neue Freunde geschaffen.
Ach, was soll's, sagte ich mir, ich bin nicht hier, um Freundschaften zu schließen.
Trotzdem gab mir die etwas unterkühlte, betont höfliche Haltung der Beamten einen Stich. Wie ich erfahren hatte, gab es hier auch eine Polizistin, vielleicht würde es mit der ja besser laufen. Ich würde noch einige Zeit mit der Lübecker Polizei zu tun haben, da konnte ich etwas Unterstützung gut gebrauchen.
Als ich grübelte, ob ich mich schlau verhalten hatte, sagte mir mein Instinkt, daß ich es genau richtig gemacht hatte. In einer Organisation, in der eine so klare Hierarchie herrschte wie bei der Polizei, war es wichtig,

von vornherein seinen Standpunkt klarzustellen und sich nicht unter Wert zu verkaufen.
So, und jetzt mach dich an die Arbeit, Marlene, trieb ich mich selber an.

In meiner Pause zog es mich nach draußen. Ich schlenderte durch die Breite Straße und sah mich ein wenig in den Geschäften um.
Bei der Hüxstraße fand ich den Niederegger-Laden und kaufte mir ein so saftig frisches Marzipanbrot, wie ich es noch nie in der Hand gehalten hatte. Dort gab es sogar aromatisierten Schwarztee mit Marzipangeschmack, den kaufte ich für Karen ein, die so gerne Tee trank. Dabei fiel mir ein, daß ich sie noch gar nicht angerufen hatte, um sie zu fragen, ob sie am Wochenende kommen wollte. Ich schleckte mir die Schokolade von den Fingern und nahm es mir fest vor. Meinetwegen konnte sie ihren Freund Nikos in Hamburg abholen und ihn mitbringen.
Ich knüllte das Einwickelpapier zu einer Kugel zusammen und warf diese in einem gekonnten Bogen in eine Mülltonne.
Seufzend sah ich auf die Uhr und erkannte, daß meine Pause schon zu Ende war, und ich mich wieder aufs Revier begeben mußte. Unpünktlichkeit würde man mir im Moment wohl kaum verzeihen. Das hatte ich davon, daß ich extra noch mal auf mein Stundenhonorar hingewiesen hatte.
Auf meinem Weg zurück betrachtete ich die vielen Passanten, die gutgelaunt ihre Besorgungen machten. Wie kann hier, einfach so, ein Kind verschwinden, fragte ich mich. Ich verdrängte diese Frage sofort. Damit hast du nichts zu tun, rief ich mir ins Gedächtnis.

Damit hast du gar nichts zu tun.

# 7

Als ich zur Tür hereinkam, hörte ich noch die letzten Gesprächsfetzen zwischen Hartmut und Wolfgang. »Wenigstens haben sie uns keinen Inder geschickt, der bei uns an den Computern herumwerkeln soll, obwohl...«
Ich trat in ihr Blickfeld, und das Gespräch brach prompt ab. Ich nickte ihnen zu und machte mich schleunigst an die Arbeit, äußerlich vollkommen ruhig, nur in meinem Nacken kribbelte es heiß. Ich war in der Stimmung, ihnen einen fiesen Computervirus zu hinterlassen, als kleines Abschiedsgeschenk sozusagen. Aber damit würde ich ja nur die falschen Leute treffen, die, die auf die Hilfe der Polizei angewiesen waren.
Ich konnte nur hoffen, daß ich meine Arbeit hier möglichst schnell beenden würde.

Als ich nach Hause kam, saß Eva schon wieder vor dem Fernseher.
Ein kurzer Rundblick durch die Wohnung verschaffte mir die Gewißheit, daß Eva zum soundsovielten Mal eine Putzfrau entlassen hatte - augenscheinlich mitten in der Arbeit, denn das Bad glänzte und blinkte, aber ein paar Gummihandschuhe und Reinigungsmittel standen in der Badewanne, und das Ganze sah nach einem hastigen Aufbruch aus. Ich strich mir müde mit einer Hand übers Gesicht, ging zu Eva und setzte mich neben sie.
Eine Weile schwiegen wir, dann begann ich den Film, der gerade lief zu kommentieren: »Paul Newman macht gerade Kunststücke auf dem Fahrrad, da, jetzt liegt er auf dem Sattel und streckt die Beine nach hinten.«
Eva nickte lebhaft.
»Ja, daran kann ich mich noch sehr gut erinnern.

Früher gehörte 'Zwei Banditen' zu meinen absoluten Lieblingsfilmen.«

Ich legte meine Füße auf den staubigen Couchtisch und beschrieb ihr Szene für Szene, wir lachten über die trostlose Ankunft in Bolivien, die mißglückten Banküberfälle und stritten uns zum Ende.

»Sie werden erschossen«, darauf bestand Eva.

»Ja, jeder weiß, daß sie nun erschossen werden, aber es wird nicht richtig gezeigt, nur ein Standfoto, wie sie aus dem Gebäude stürmen«, entgegnete ich.

Eva hatte das anders in Erinnerung, und ich konnte ihr nicht beweisen, daß sie unrecht hatte. Schließlich brach ich die unfruchtbare Diskussion darüber ab und stellte den Apparat aus.

»Warum hast du die Putzfrau gefeuert?« fragte ich Eva.

Sie zog eine Unschuldsmine.

»Sie ist einfach so aus der Wohnung gestürmt und da habe ich ihr hinterhergerufen, sie brauche sich auch nicht mehr blicken zu lassen.«

Anders als bei blind geborenen Menschen hatte Eva eine sehr gute Vorstellung davon, wie ihr Gesichtsausdruck auf andere Menschen wirkte. Aber ich ließ mich davon nicht einwickeln.

»Wie konnte sie nur so herzlos sein, und eine so hilflose, arme Frau wie dich einfach im Stich lassen?« meine Stimme troff vor Sarkasmus.

Ich stand auf, holte Staubtuch und Staubsauger hervor, wischte herum, räumte Müll zusammen, stellte das ungewaschene Geschirr zusammen und wandte mich wieder Eva zu: »Du kannst dich schon mal an den Abwasch machen. Paß auf, hinten stehen die Gläser, davor die Becher, rechts die Teller. Das Besteck ist schon in der Spüle.«

Eva erhob sich gehorsam und machte sich ohne zu mucken an die Arbeit. Sie schien fast erleichtert, nicht

nur herumsitzen zu müssen.
Nach einer Stunde konnten wir mit uns zufrieden sein. Billy hatte sich bei der ganzen Hektik um sie herum unter einen Stuhl verzogen und ich schlug vor, daß wir noch einen Spaziergang mit ihr machen könnten. Eva war einverstanden und griff sich ihren Stock.
Wir hielten am Imbißeck und zogen uns ein halbes Hähnchen rein. Während unsere Magensäfte danach mit dem Fett kämpften, setzten wir unseren kleinen Gang fort und hielten auf den Fluß zu. Dort angekommen bogen wir nach rechts ab und freuten uns über den schönen Abend. Ich beschrieb Eva, wie vollkommen still die Trave war und wie sich die Häuser an der anderen Uferseite in einer perfekten Nachbildung im Wasser spiegelten.
»Da ist ein Haus, das ist ganz schief, als ob es in ein paar Jahren einfach umkippen wird, und das rote Backsteingebäude dort wirkt wie zusammengequetscht zwischen den Häusern rechts und links...«
Ich redete und beschrieb und Eva sah aus, als ob sie jede Information in sich aufsog und in ihrem Kopf die bekannten Bilder wieder zum Leben erweckte.
»Waren dort schon die zwei grünen Türme?« fragte sie plötzlich, und ich antwortete ihr. Billy lief vergnügt mit uns und schien auch genau zuzuhören.
Schließlich überquerten wir eine Kreuzung und gingen aufs Holstentor zu.
Wir stiegen die Treppenstufen hinab und gingen durch den Torbogen. Ich drehte mich um und las gerade die Inschrift »CONCORDIA DOMI FORIS PAX«, als ich Billy aufgeregt bellen hörte. Ich blickte zu ihr und Eva und konnte sehen, wie Billy aufgeregt einen auf dem Rasen liegenden Mann ankläffte, während Eva sich zu ihm herunterbeugte und ihn an der Schulter anfaßte. Ich

beeilte mich, zu ihnen zu kommen. Eva kniete neben dem Mann und strich mit prüfenden Händen über seinen Arm und Rücken. Sie hörte mich kommen und wandte mir ihr Gesicht zu. Es war kreidebleich.
»Marlene«, stieß sie hervor, »der Mann ist tot.«
Ehe ich sie hindern konnte, hatte sie den Mann umgedreht und fuhr mit den Fingern über seinen Bauch. Während ihre sensiblen Fingerspitzen ihr die grausige Botschaft übermittelten, sah ich es mit meinen gesunden Augen.
»Er ist...«, fing Eva den Satz an, »... erschossen worden«, beendete ich ihn.
Ich zog Billy von der Leiche weg und setzte mich ins Gras. Die verspeiste Hähnchenhälfte wollte mich dringend wieder verlassen.

# 8

Eva und Billy blieben zurück, während ich unseren Fund meldete. Rasch waren uniformierte Polizisten da, die das Gebiet absperrten. Kurze Zeit später trafen auch die Kripoleute ein, und so sollte es dazu kommen, daß ich Oberkommissar Jan Rabbe schneller zu Gesicht bekam, als ich gedacht hatte.

Eva, Billy und ich saßen wie betäubt auf den Stufen, die zum Holstentor führten.
Auf dem Rasen vor uns ging es mächtig geschäftig zu, der Boden wurde gründlich abgesucht, nach was auch immer, Fotos wurden gemacht, der Polizeiarzt kam, untersuchte die Leiche und unterhielt sich schließlich mit zwei Männern in Zivil, die bei dieser ganzen Aktion die Aufsicht zu haben schienen. Einer war grauhaarig, ziemlich übergewichtig und schneuzte sich schätzungsweise alle zwei Minuten in ein Taschentuch, mit dem er sich dann, wie ich leicht angewidert sehen konnte, den Schweiß von der Stirn wischte.
Den anderen, scheinbar jüngeren Mann konnte ich nicht erkennen, da er mit dem Rücken zu uns stand.
Ich vertrieb mir die Zeit damit, Eva zu berichten, was alles um uns herum geschah, und in ihren leicht mitgenommenen Gesichtsausdruck mischte sich so etwas wie Lebendigkeit und Wachsamkeit.
»Die Leiche wird gerade in einen dunklen Sack mit Reißverschluß gepackt und in einen Leichenwagen transportiert«, teilte ich Eva mit.
»Frau Schuster und Frau Haberkann?« tönte eine fragende Stimme auf uns herab.
Ich blinzelte nach oben – inzwischen war es schon recht

dunkel geworden - und bemerkte, daß der jüngere Mann, den ich vorhin mit dem Grauhaarigen und dem Polizeiarzt hatte sprechen sehen, neben uns stand.
Billy begann leise zu knurren, und Eva legte sofort beschwichtigend ihre Hand auf ihr Fell und flüsterte: »Schon gut, Billy, sei ruhig.«
Ich stand auf und reichte dem Mann meine Hand.
»Marlene Schuster, und das ist Eva Haberkann. Frau Haberkann ist blind und das hier ist Billy...«
Ich ließ den Satz in der Luft hängen, als ob ich mich auch an Billys Nachnamen erinnern wollte.
Das freundlich-professionelle Lächeln des Mannes dehnte sich zu einem breiten Grinsen aus. Er nahm meine Hand, und während ich mich noch fragte, was ihn so amüsierte, stellte er sich vor: »Ich bin Jan Rabbe, Oberkommissar, zugeteilt für diese Mordkommission. Wir hatten ja schon telefonisch das Vergnügen.«
Ich schüttelte ihm stumm die Hand und ärgerte mich über meine Verlegenheit. Gut, daß es bereits so dunkel war, daß er nicht erkennen konnte, wie rot ich geworden war.
Ich entzog ihm schließlich meine Hand und deutete stumm auf Eva, die ebenfalls ihre Hand ausgestreckt hatte. Während der Kommissar Eva begrüßte, hatte ich Gelegenheit, ihn mir genauer anzusehen.
Er wirkte für einen Oberkommissar recht jung, so um die Mitte Dreißig, war schätzungsweise 1,80 m, hatte eine sportlich-wendige Figur und auf seinem Kopf türmten sich wilde Locken. Die Haare waren an den Seiten kurz geschnitten, aber ihm hing eine widerspenstige Haartolle in die Stirn, die mit zu seinem jugendlichen Erscheinungsbild beitrug.
»Ich möchte gerne ihre Zeugenaussage aufnehmen. Hier wird es jetzt ja etwas ungemütlich, also schlage ich vor,

daß wir das in meinem Büro erledigen. Wir können mit meinem Wagen dorthin fahren.«
Ich erwartete Protest von Eva und ihren Hinweis darauf, daß es ihr schnurzpiepegal sei, ob es nun dunkel sei oder nicht, aber sie überraschte mich.
»Ja, das wäre sehr schön«, sagte sie freundlich.
Ihr Satz hatte eine Kraft, daß er, so leise er auch vorgetragen worden war, über den ganzen Platz zu hallen schien.
Klar, sie hatte eine Stimmausbildung am Theater genossen. Bisher hatte ich sie allerdings noch nie so sprechen gehört, und die Wirkung verblüffte mich. Dieser eine Satz ließ sie so liebenswert erscheinen, daß ich kaum glauben konnte, daß er aus dem gleichen Mund kam wie die unzähligen Wutausbrüche, deren Zeuge ich bisher gewesen war. Während wir uns Jan Rabbe anschlossen, nahm ich mir fest vor, sie spätestens ab morgen zu bedrängen, etwas aus dieser unglaublichen Stimme zu machen. Sie griff nach meinem Arm, ließ sich von mir zum Auto führen und dankte Jan Rabbe dann leise dafür, daß er ihr beim Einsteigen behilflich war. Ich stand völlig verwirrt über diese Wandlung daneben und hatte die Leiche beinahe vergessen.

Auf dem Weg zum Behördenhochhaus glitt das Auto die Possehlstraße entlang, wo der Oberkommissar nach links deutete: »Hier in den Wallanlagen werden jedes Jahr Theaterstücke für Kinder aufgeführt.«
Danach schwieg er wieder.
Wir kamen an einem Sportplatz vorbei und bogen dann schließlich nach rechts zu unserem anvisierten Ziel ab.
Jan Rabbe öffnete Eva die Autotür und half ihr beim Aussteigen. Er ergriff ihren Arm und bugsierte sie zur Eingangstür.

Das wurde ihr jetzt aber doch zuviel.
»Sind Sie dabei, mich abzuführen?« entfuhr es ihr spöttisch.
Trotz des humorigen Tonfalls gab es für mich keinen Zweifel, daß sie kurz davor war, aus der Haut zu fahren.
Jan Rabbe wurde verlegen.
»Nein, natürlich nicht, ich wollte Ihnen ja nur behilflich sein...«, seine Stimme wurde zum Satzende hin immer kleiner und erstarb dann.
Ich mußte ein Lächeln unterdrücken. Hatte es Eva also mal wieder geschafft, die Diva herauszukehren. Ihr braves Verhalten der letzten Stunde hatte mich schon an meinen Sinnen zweifeln lassen.
Eva streckte energisch Kinn und Blindenstock hervor und überließ Billy die Führung. So gelangten wir endlich ins Haus und schließlich sogar in Rabbes Büro. Dort nahm er recht umständlich unsere Zeugenaussage auf und tippte alles schwerfällig auf einer immerhin elektrischen Schreibmaschine.
Es wurde höchste Zeit, daß ich meine Arbeit hier begann und den Beamten technische Erleichterungen verschaffte. Da ich selbst sehr fließend das Zehnfingersystem auf einer Computertastatur beherrschte, machte mich die Langsamkeit, mit der das Protokoll entstand, ganz unruhig.
Schließlich war er fertig und las uns noch mal alles vor. Wir unterschrieben brav, und er organisierte uns eine Heimfahrt in einem Streifenwagen.

# 9

*»Point of no return«, so nannten es die Mediziner.*
*Karla versuchte sich an ihren Biologieunterricht zu erinnern. Wenn der »point of no return« erreicht war, konnte einem niemand mehr helfen. Dann fing der Körper an, sich selbst zu verdauen. War das erst einmal im Gange, war man unweigerlich dem Tode geweiht. Aber es dauerte lange, bis es soweit war. Fast acht Wochen, je nach Ausgangsgewicht. Sie brauchte keine Angst zu haben zu verhungern, jedenfalls jetzt noch nicht. Sie hatte seit Tagen nichts mehr zu essen bekommen. Zu trinken ja, und sie erinnerte sich dank des besagten Biounterrichts, daß der menschliche Körper nur ganz wenige Tage ohne etwas zu trinken aushalten konnte. Zu trinken bekam sie. Und so schnell verhungerte man nicht. Damit versuchte sie sich zu beruhigen. Es gab sogar Menschen, die fasteten drei Wochen lang freiwillig und gingen dabei noch zur Arbeit.*
*Alles kein Problem.*
*Wenn man nur genug trank.*
*Seit sie in ihrem Gefängnis saß, dachte Karla Bachstein ans Essen. In den ersten Tagen und Nächten (das machte für sie sowieso keinen Unterschied) hatte sie den Raum, in dem man (wer eigentlich und warum?) sie eingesperrt hatte, genauestens auf Fluchtmöglicheiten hin untersucht, vergeblich untersucht. Sie hatte gerufen, erst leise und ängstlich auf eine mögliche Reaktion lauschend, dann lauter, verzweifelter, bis ihre Kehle ganz wund war.*
*Immer wieder tippte sie auf ihre Armbanduhr. In grünlichem Licht wurde sie gehorsamst über die genaue Zeit, das genaue Datum und die gegenwärtige Temperatur unterrichtet. Die Uhr wurde zum einzigen Orientierungspunkt in den letzten Tagen im Dämmerlicht. Durch einen Spalt zwischen der Eisentür und dem Boden drang, soweit sie es zugegebenermaßen unzureichend beurteilen konnte, elektrisches Licht. Sie hatte sich so ans Dunkel gewöhnt, daß sie die Umrisse der Toilette (ohne Brille) und das*

*Waschbecken mit dem tropfenden Wasserhahn ausmachen konnte. Ferner noch die schmutzige Matratze, das schmuddelige Kissen und die Wolldecke. Ansonsten schätzungsweise neun Quadratmeter nichts. Sie teilte sich die Tage ein. Immer zur vollen Stunde ging sie an den Wasserhahn und trank bis ihr übel wurde. Zu jeder halben Stunde machte sie gymnastische Übungen. Nachts befreite sie sich von diesen Verpflichtungen. Da versuchte sie zu schlafen, auch wenn es schwerfiel.*

*Ansonsten träumte sie vom Essen. Zählte sich ihre letzten Geburtstagsmenüs auf. Brach fast in Tränen aus, als ihr nicht mehr einfiel, was sie Weihnachten vor drei Jahren gegessen hatte. Dachte an ihre Freundinnen und ihre Familie. Versuchte sich zu erinnern, wer welche Lieblingsspeise hatte. Ihre Mutter liebte Steckrübeneintopf. Früher hatte Karla oft gemurrt, weil es dieses Gericht so oft gegeben hatte. Der Duft von so einem Eintopf zog in alle Ritzen einer Wohnung, völlig sinnlos, davor die Tür verschließen zu wollen, man entkam ihm nicht. Hier, in ihrem Verlies versuchte sie sich an jede Zutat zu erinnern. Mohrrüben, Kartoffeln, Rindfleisch...*

*Sie dachte an ihren Biologieunterricht. In Amerika hatten Wissenschaftler mal ein Hungerexperiment mit College-Studenten durchgeführt. Ein freiwilliges Hungerexperiment. Hinterher hatten die Versuchspersonen ein gestörtes Verhältnis zum Essen gehabt. Hatten die Reste von den Tabletts der anderen Studenten aufgegessen, Mülleimer durchwühlt.*

*Karla dachte an Opa August. Der war schon pappsatt und konnte die letzten Nudeln in der Schüssel doch nicht liegen lassen. Als Karlas Mutter ihn einmal ermahnt hatte, sich nicht so vollzustopfen, hatte er nur gesagt: »Kleine, das kommt noch von der schlechten Zeit. Da gab es das ja alles nicht.«*

*Karlas Mutter hatte dann genervt die Augen nach oben verdreht.*

*Mutter. - Sie mochte am liebsten Steckrübeneintopf, am besten, wenn er noch mal aufgewärmt worden war.*

*Die ganze Wohnung roch dann danach.*

*Opa August. Aß am liebsten Bratkartoffeln. Und Rouladen. Karla versuchte sich zu erinnern, was er bevorzugte.*
*Sie tippte auf den kleinen Kopf an ihrer Uhr. Noch zehn Minuten bis zum Trinken. Trinken war wichtig, wenn man überleben wollte.*
*Schlechte Zeiten, freiwillige Hungerexperimente.*
*Opa August mochte Rouladen noch lieber als Bratkartoffeln.*
*Bratkartoffeln mit Speck und Zwiebeln, darüber zwei Spiegeleier, bei denen das Weiße gerade so fest geworden war.*
*Noch fünf Minuten bis zum Trinken.*
*Karla schloß die Augen, drängte mit Macht die aufsteigenden Tränen zurück und versuchte, ruhig zu atmen.*
*Als die fünf Minuten überstanden waren, und sie sich gerade zum Wasserhahn tasten wollte, hörte sie von draußen Geräusche, die nach Schritten klangen. Erleichterung und Panik machten sich gleichzeitig in ihr breit.*
*Die Tür wurde aufgeschlossen, und das nun ungehindert hereinfallende Licht gleißte in ihren Augen.*
*Im Feuerbrand kristallisierten sich zwei Männergestalten heraus.*
*Karla sah sie an und stieß einen heißen Schrei des Entsetzens aus.*

# 10

Seit gut eineinhalb Jahren mußte ich mir um meine finanzielle Absicherung keine Sorgen mehr machen.
Wie händeringend meine Fähigkeiten von diversen Computerfirmen gesucht wurden, wurde mir erst klar, als ich mein Studium abgebrochen und mich einfach mal beworben hatte. Es hatte keinen Tag gedauert, und gleich drei gute Jobangebote flackerten auf meinem Bildschirm. Mittlerweile wußte ich auch, daß ich mich jederzeit mit einer eigenen Internetfirma selbständig machen könnte. Aber daran lag mir nichts.
Zunächst einmal war es mir bei dem Job nur ums Geldverdienen gegangen, darum, mich irgendwie »ernähren« zu können. Es war schon erstaunlich, wie schnell ich mich dann daran gewöhnt hatte, soviel Geld zu haben. Ich zögerte nicht mehr lange, wenn ich mir etwas kaufen wollte, ich tat es einfach. Für eine kurze Zeit war das ein sehr befriedigendes Gefühl gewesen, aber dann ließ der Kitzel schnell nach. Ich dachte nicht mehr darüber nach, ich hatte das Geld einfach.
Und verschwieg es, weil sonst die Beziehungen zu Leuten ohne Geld einfach zu schwierig geworden wären. Dabei hätte ich nichts dagegen, Geld zu verleihen, ich hätte es auch an gute Freunde verschenkt, aber ich ahnte, daß dieses Ungleichgewicht langfristig unsere Beziehung zerstören würde.
Also bemühte ich mich, dieses Thema weitgehendst auszuklammern. Ich war nicht besonders stolz auf meinen Kontostand, ich kannte ihn meist nicht einmal. Ganz offensichtlich machte mich das Geld nicht glücklich, und ich hatte es auch nie erwartet. Liebend gern hätte ich meinen bescheidenen materiellen Reichtum eingetauscht,

wenn ich mir damit MEINEN Traum hätte erfüllen können: Eine kleine Familie, ein oder mehrere Kinder, die ich dabei unterstützen konnte, groß zu werden, die sich abends vertrauensvoll in meine Arme schmiegten, und denen ich all die Kinderbücher vorlesen konnte, die ich selbst nie gehört hatte.
Karen hatte messerscharf erkannt, daß hinter meinem Kinderwunsch die Sehnsucht danach stand, meine eigene verkorkste Kindheit nachzuholen. Dadurch, daß ich das wußte, war der Wunsch aber keineswegs geringer.

Ich war mit meiner fünf Jahre älteren Schwester Frieda aufgewachsen, die mich und meine Existenz von der ersten Sekunde an gehaßt hatte. Ihrer Ansicht nach stand mir kein Platz in dieser Familie zu, und sie hatte nicht die Absicht, die ohnehin sehr begrenzt zur Verfügung stehende Zeit unserer Eltern mit mir zu teilen. Meine Eltern hatten bis zu ihrem überraschenden Unfalltod die Augen vor der Tatsache verschlossen, daß Frieda und ich uns nicht ausstehen konnten.
Meine frühe Begeisterung für Computer ergab sich allein aus der Tatsache, daß mir dort eine Fluchtmöglichkeit geboten wurde, der bedrückenden Enge unseres 12-$m^2$-Kinderzimmers zu entfliehen. Jahrelang hatte Friedas Verhalten bei mir das Gefühl ausgelöst, etwas grundsätzlich falsch zu machen und einfach nicht liebenswert zu sein. Also duckte ich mich über meine Computertastatur, machte Spiele und surfte als eine der Ersten ausgiebig im Internet.
Als ich erwachsen wurde, wollte ich meine offenkundigen Mängel im Umgang mit anderen Menschen damit ausgleichen, daß ich anfing Psychologie zu studieren. »Früchte« dieses Entschlusses waren vor allem ein Schockerlebnis, bei dem ein Forschungsprojekt an der

Bremer Uni eine gewisse Rolle spielte, und eine tiefe Freundschaft mit Karen, die inzwischen fertig studiert hatte und nach einigen persönlichen Höhen und Tiefen nun als Psychologin in einem medizinischen Therapiezentrum arbeitete.

Ich rief sie gleich am nächsten Morgen an, und ihre Stimme klang wie so oft verschlafen. Als sie hörte, daß ich es war, bekam ihre Stimme einen deutlich erfreuten Klang.

»Hallo, Süße, wie geht's dir in Lübeck?«

Ich faßte die Geschehnisse der letzten Tage knapp zusammen.

Karen atmete ungläubig in den Hörer und wußte erstmal gar nichts dazu zu sagen.

»Ich wollte fragen, ob du nicht Lust hast, am Wochenende zu kommen?« fragte ich direkt.

Sie zögerte und dieses kurze Zaudern ließ mein Herz schneller schlagen. Mir war gar nicht klar gewesen, wie gern ich sie sehen wollte. Ich wußte schon jetzt, daß ich für den Fall, daß sie nicht zusagen würde, ziemlich schroff werden würde.

Sie druckste herum.

»Ich würde wahnsinnig gerne kommen, aber ich habe Nikos' Schwester zugesagt, auf ihre beiden Kinder aufzupassen. Weißt du noch, Lillian und Ben?«

Ich erinnerte mich an die Nichte und den Neffen von Nikos, und daß Karen die beiden, nachdem sie einmal recht unfreiwillig auf sie aufpassen mußte, in ihr Herz geschlossen hatte.

»Aber was spricht dagegen, wenn ich sie und Nikos mitbringe?« sprach Karen dann weiter. »Bei dem schönen Wetter wäre ein Wochenende an der Ostsee eigentlich gar nicht schlecht!«

Das war nicht gerade das, was ich mir vorgestellt hatte, aber nachdem ich einen kurzen Moment darüber nachdachte, fand ich die Idee eigentlich ausgezeichnet.
»Ich kümmere mich um eine Übernachtungsmöglichkeit«, erklärte ich deshalb zustimmend.
»Gib mir doch noch mal durch, wie ich zu deiner Wohnung finden kann. Wir kommen dann Freitag abend, d.h. nein, wir kommen lieber Samstag morgen. Es ist besser, wir machen in Hamburg bei Nikos halt und übernachten bei ihm. Ich habe keine Lust auf den Freitagabendverkehr von Hamburg Richtung Ostsee.«
Ich gab ihr die Adresse durch und legte zufrieden den Hörer auf.

# 11

»Sie ist was?« fragte mich Eva ganz entsetzt.
»Eine Diplom-Psychologin«, gab ich ruhig zurück.
»Wir haben uns an der Bremer Uni kennengelernt, als ich da noch studiert habe.«
Eva konnte es verschmerzen, daß ich mal drei Semester Psychologie studiert hatte, aber das meine beste Freundin Psychologin war und uns auch noch besuchen wollte, war offenbar ein Schock für sie.
»Will sie mit uns über ein angebliches posttraumatisches Belastungssyndrom reden oder so'n Scheiß?« fragte Eva lauernd nach.
»Sie will mich besuchen«, antwortete ich schlicht.
»Ich will so eine verkopfte Mackentante aber nicht in meiner Wohnung haben«, regte sich Eva auf.
Gegen meinen Willen mußte ich lachen. *Verkopfte Mackentante*, das mußte ich Karen unbedingt erzählen, da hatten wir schon gleich was zu lachen.
Dann wurde ich wieder ernst: »UNSERE Wohnung, Eva, ich zahle ebensoviel Miete wie du. Und was Karen anbelangt, warte doch erst mal ab.«
Dann erwähnte ich noch möglichst leichthin, daß Karen gar nicht allein, sondern auch noch in Begleitung ihres halbgriechischen Freundes, dessen Nichte und dessen Neffen auftauchen würde.
»Sprechen die Kinder wenigstens deutsch?« murrte Eva.
»Sogar als Muttersprache, denn sie leben bei ihrer Mutter in Bremen. Allerdings ist ihr Vater Nigerianer oder so etwas, sie sind jedenfalls entzückend milchkaffeefarben.«
Eva brummte etwas in der Art, daß ihr DAS ziemlich scheißegal sei, aber die Heftigkeit ihrer Kommentare nahm schon ab.

»Was soll ich denn überhaupt mit zwei Kindern machen?« fragte sie schließlich unvermutet, und ich spürte den Schmerz in ihrer Stimme.
Ich wußte so wenig von ihr, vielleicht hatte sie ja vor ihrem Unfall ganz gern mit Kindern gespielt, und nun wurmte es sie einfach mächtig, daß sie sich so hilflos fühlte.
»Das wird sich dann schon ergeben«, gab ich möglichst locker zurück.
Ich ließ meinen letzten Schluck Kaffee in meiner Tasse hin- und herkreisen und wechselte das Thema.
»Du mußt unbedingt etwas aus deiner phantastischen Stimme machen.«
Eva zuckte zusammen. Dann ging sie zum Angriff über: »Soll ich vielleicht Bücher vorlesen oder was?«
Ich trank meinen letzten Schluck aus und nickte versonnen, auch wenn sie es nicht sehen konnte.
»Ja! Warum eigentlich nicht? Du müßtest dich nur endlich mal dran machen und die Blindenschrift lernen, dann könntest du das ohne jeden Zweifel. Leute die Hörspiele produzieren, müßten sich doch die Finger nach so einer ausdrucksstarken Stimme lecken.«
Ich wartete ihre Einwände sicherheitshalber nicht ab, sondern sah zu, daß ich mich auf den Weg zur Arbeit machte.

Als ich unterwegs war, dachte ich darüber nach, was Karen jetzt wohl sagen würde. Vermutlich würde sie den Zeitpunkt kritisieren – und damit hatte sie ja vielleicht auch recht. Es war nicht gerade fair, jemandem so einen Knochen hinzuwerfen und ihn dann einfach stehen zu lassen. Tja, Karen, sagte ich in Gedanken zu Karen, ich hab ja auch nur ganz kurz Psychologie studiert, da konnte ja nichts Vernünftiges bei herauskommen.

Auf dem Weg zum Revier nahm ich mir Zeit, das Thomas-Mann-Haus, an dem ich sonst immer nur so vorbeigehuscht war, genauer in Augenschein zu nehmen. Mir fiel auf, daß man in einer Stadt, die nur so von schönen Häusern übersät war, die einzelnen Gebäude gar nicht mehr richtig wahrnahm.

Ich mußte natürlich an die Buddenbrooks denken, und wie ich mit vierzehn die Geschichte verschlungen hatte. Verzweifelt hatte ich Toni im Geiste zugerufen, daß sie doch auf ihr Gefühl hören solle, aber sie hatte ja nicht auf mich oder die abertausenden Leser, denen es sicher auch so gegangen war, gehört. Die Buddenbrooks waren für mich immer das Sinnbild dafür gewesen, wie elterlicher Ehrgeiz den Nachwuchs unglücklich fürs Leben machen konnte. Ich war ganz froh, daß ich wenigstens in dieser Hinsicht nicht belastet war und wandte mich dem Polizeirevier zu.

Dort traf ich auf eine hübsche, dunkelhaarige Polizistin, die vor einem Computer saß und auf Moorhühner schoß. Sie war so versunken in das Spiel, daß sie zusammenzuckte, als ich neben sie trat.

»Huch! Entschuldigung, bitte treten Sie doch wieder hinter die Absperrung zurück«, sagte sie zu mir, aber es klang verlegen und nicht so barsch, wie sie es wohl beabsichtigt hatte.

Ich erklärte ihr, wer ich sei und sie wurde noch verlegener. Ich deutete auf den Bildschirm.

»Wieviele Punkte schaffst du denn?« ich duzte sie automatisch.

»Mein bestes war bisher 725«, antwortete sie mir.

Ich nickte anerkennend.

»Gar nicht schlecht.«

Sie guckte mißtrauisch, als ob sie sich nicht sicher war, ob ich sie nicht nur aufziehen wollte, aber ich nickte ihr freundlich zu.

Damit hatte ich anscheinend gewonnen. Was immer die Polizistin bisher über mich gehört hatte, sie beschloß offenbar, mich sympathisch zu finden. Sie schüttelte mir herzlich die Hand und hieß mich willkommen.
»Ich bin Lisa Berger.«
Sie setzte Teewasser für uns auf, und ich erzählte ihr spontan von meinem gestrigen Leichenfund. Lisa kriegte sich gar nicht wieder ein und schien fast etwas eifersüchtig zu sein. Wahrscheinlich brannte sie aber einfach nur darauf, einen echten Mörder zu jagen - und noch besser - zu stellen. Sie quetschte mich jedenfalls viel eingehender aus als dies Jan Rabbe getan hatte. Ich konnte ihr zwar trotzdem nichts Neues erzählen, aber ich war beeindruckt, an was sie alles dachte: Ob sich Billy schon vorher auffällig verhalten hätte. Warum wohl an so einem beliebten Touristenplatz an einem Sommerabend gar keine anderen Leute unterwegs gewesen waren. Hatte ich Schleifspuren im Gras bemerkt? Ob mir der Tote friedlich, überrascht oder wie im Kampf dahingerafft vorgekommen war?
»Eher überrascht«, sagte ich nachdenklich während ich den Teebeutel in der Kanne hin und her bewegte, damit der Tee schneller zog. Ob ich ihn genau beschreiben konnte?
»Er war so um die vierzig, vielleicht etwas älter, unauffällig gekleidet, Jeans, ein gestreiftes T-Shirt. Er hatte kurze, braune Haare, keinen Bart...«, ich versuchte, mich an mehr zu erinnern.
»Was für Schuhe?« fragte Lisa eifrig.
Ich schüttelte den Kopf: »Keine Schuhe«, antwortete ich, »ich habe sogar gehört, daß sich die Polizisten darüber unterhalten haben.«
»Wurden die Schuhe denn nicht in der Nähe gefunden?« wollte sie nun wissen.
Ich zuckte die Achseln: »Keine Ahnung. Bis zu dem

Zeitpunkt, als wir zur Kripo gefahren sind, jedenfalls noch nicht.«
Lisa seufzte und ihr Blick schweifte in weite Ferne. »Die Kripo! Mensch, Marlene, da würde ich so gerne arbeiten.«

Den Rest des Tages verbrachte ich in einer sehr angenehmen Arbeitsatmosphäre. Ich hatte zwar nichts weiter mit Lisa zu tun, aber ihre bloße Anwesenheit entspannte mich.
Ich hörte sie mit den Eltern des verschwundenen Jonathan telefonieren und fand, daß sie ihre Sache richtig gut machte. Sie klang verständnisvoll und gab Auskünfte, ohne falsche Hoffnungen zu wecken. Nachdem sie den Hörer aufgelegt hatte, sah sie für einen Moment abgespannt und besorgt aus, aber ich hatte ja schon festgestellt, daß es für alle Polizisten belastend war, wenn so kleine Kinder vermißt wurden.
Während eine Einsatzhundertschaft die nähere Wohnumgebung absuchte, hielt man auch hier in der Innenstadt die Augen offen, und jeder unterbreitete beim Kaffeetrinken seine Privattheorie, was geschehen sein mochte.
Das schmale Jungengesicht auf dem Fahndungsfoto schien uns anzustarren, und wir wollten uns gar nicht ausmalen, was es bedeuten konnte, wenn er nicht bald gefunden wurde.

## 12

*»Verdammte Idioten, dieser Fehler kann uns alle den Kopf kosten!«*

*Der Boß hatte richtig schlechte Laune. Eigentlich auch verständlich. Am besten, man ließ ihn sich ordentlich austoben.*

*»Auf der ganzen Welt gibt es massenweise Kinder, nach denen kein Hahn kräht, man muß nur hingehen und sie einsammeln. Gleich um die Ecke in Rußland haben sich für uns gigantische Möglichkeiten eröffnet und ihr schnappt euch so ein verwöhntes, deutsches Mittelstandsgör, nach dem nun die gesamte Polizei von Schleswig-Holstein sucht, ihr PENNER!«*

*So ging es nun schon seit einer Stunde. Seit der Boß eingetroffen war.*

*Leon versuchte es noch einmal zu erklären: »Der Wladi, der war sich so sicher, daß der Kleine Pjotr ist, weißt du, der Rotzlöffel, der uns abgehauen ist. Da hat er ihn natürlich gepackt und damit er nicht so ein Riesengetöse veranstaltet, hat er ihm eben ein paar übergezogen, bis er still war.«*

*»Also eine Verwechslung sozusagen?« die Stimme vom Boß klang katzenfreundlich.*

*Leon und Wladimir nickten so eifrig, daß ihnen fast die Muskelfasern im Nackenbereich gerissen wären.*

*»Und wieso konnte Pjotr überhaupt verschwinden?«*

*Leon starrte Wladimir an, nach dem Motto: »Nun sag DU doch auch mal was!!!«*

*Wladi wand sich.*

*»Tja, ich wollte, na ja...«*

*Leon sollte nie erfahren, was Wladi gewollt hatte. Der Boß hatte sich blitzschnell vorgebeugt und hart zugeschlagen. Wladimirs Gesicht war sofort blutüberströmt. Leon sah den Metallring in der Hand vom Boß. Der hatte sich also offenbar auf diese kleine Unterredung gut vorbereitet. Scheiße.*

*»Ihr habt vierundzwanzig Stunden, dann ist der Kleine wieder da.«*

*Leon schluckte beim Anblick von Wladis Gesicht schnell ein aufsteigendes »aber« wieder herunter.*

*Dann sammelte er sich: »O.k. Und was ist mit dem anderen, diesem Jonathan? Lassen wir ihn frei oder erpressen wir ein Lösegeld?«*

*Keine Antwort vom Boß.*

*»Oder soll er mit ins Geschäft einsteigen? Wenn er erst wieder ein bißchen zusammengeflickt ist, ist er bestimmt ganz brauchbar.«*

*Der Boß wischte sich mit seinem Taschentuch den Schweiß vom Gesicht.*

*»Idioten«, stöhnte er leise und selbstmitleidig, »der ist, solange er lebt, ein unzumutbares Sicherheitsrisiko. Beseitigt ihn und laßt die Leiche verschwinden. Und macht es diesmal richtig, sonst werdet ihr eure Mütter verfluchen, daß sie euch geboren haben.«*

*Der Boß warf den Metallring auf den Tisch, wo dieser eine wilde Pirouette vollführte und massierte seine Hand.*

*» Verschwindet!«*

## 13

Die Suche nach Jonathan blieb erfolglos.
Sämtliche Medien forderten die Bevölkerung wieder und wieder auf, doch bitte alle erdenklichen Hinweise zu melden, besonders die örtlichen Zeitungen und Radiosender versuchten die Menschen aufzurütteln.
Das brachte den Beamten im Revier zwar eine Flut von Informationen, die meisten waren allerdings schon ganz offensichtlich unbrauchbar. Einige der »Informanten« waren schon so bekannt, daß die Polizisten sie mit Namen begrüßten und sie - als kleinen internen Gag sozusagen - sofort zu den Kollegen von der Kripo weiterschickten.
Im Gespräch mit Lisa erfuhr ich, daß jeder noch so vage Hinweis verfolgt wurde, weil manchmal gerade diese mühselige Fleißarbeit letztendlich zum Erfolg geführt hatte.
Lisa zeigte keinerlei Erschöpfungssymptome, auch in den Pausen konnte man mit ihr über nichts anderes reden. Das schien die anderen Polizisten zu nerven, und am Freitagmittag war ich endgültig soweit ihnen zuzustimmen. Ich empfand die Geschehnisse bedrückend genug und hätte gern mal ein bißchen abgeschaltet.

Zumal mich zu Hause auch jeden Abend Sherlock Holmes erwartete...
Eva kaute täglich noch mal jedes Detail unseres unseligen Spaziergangs durch und fragte mich schließlich nach Dingen wie, ob der Tote kurze Fingernägel gehabt hatte, wenn ja, ob sie abgeknabbert oder geschnitten gewesen waren, ob er einen starken Bartwuchs gehabt hatte...
Sie war unersättlich. - Und natürlich nie zufrieden mit

meinen Antworten; ich weiß nicht, ich hab nicht darauf geachtet, keine Ahnung, leierte ich gebetsmühlenartig vor mich hin.
»Verdammt, wozu hast du eigentlich deine Augen!« fuhr mich Eva gewohnt kampflustig und frustriert an.
Ich hielt es nicht mehr aus und verließ die Wohnung.
Karen hatte ja keine Vorstellung davon, wie sehr ich mich auf sie freute.

Ich marschierte zum Mövenpick-Hotel und reservierte Zimmer für sie und ihren Anhang. Dabei rätselte ich, wie alt Lillian jetzt wohl sein mochte.
»Ich glaube, sie ist zehn. Ob sie wohl schon ein eigenes Zimmer will?« fragte ich die nette Dame an der Rezeption.
Die wußte das natürlich auch nicht und so buchte ich schließlich zwei Doppelzimmer - sollten Karen und Nikos sehen, wie sie sich aufteilten.
Ich bezahlte im voraus und bedankte mich.

Erheblich besser gelaunt, spazierte ich vom Hotel direkt aufs Holstentor zu. Dort stand, ganz in Gedanken versunken, Jan Rabbe und schien murmelnd ein Selbstgespräch zu führen. Ich trat neben ihn und tippte ihn leicht am Arm an. Er fuhr zusammen, und seine Gedanken schienen erst mal eine weite Reise zurück in die reale Welt unternehmen zu müssen.
»Entschuldigen Sie die Störung«, sagte ich schuldbewußt.
Als er mich »einordnen« konnte, lachte er.
Er schüttelte mir herzlich die Hand und entgegnete etwas verlegen: »Ich habe versucht, mir etwas vorzustellen und damit das besser gelingt, bin ich hier noch mal vorbeigekommen. Ich freue mich, Sie zu sehen. Haben Sie Ihren Schock inzwischen überwunden?«
Ich zog eine Grimasse, und dann brach es aus mir heraus,

die Besorgnis, die ich wegen des Verschwinden des kleinen Jonathan empfand, die Genervtheit wegen Evas ständiger Verhöre. Es tat gut, alles mal auszusprechen, aber als es raus war, fragte ich mich, wie ich eigentlich dazu kam, diesem mir im Grunde fremden Mann soviel zu erzählen. Das war sonst nicht meine Art.
Er hörte aufmerksam zu. Dann nickte er.
»Herzlich willkommen bei der Polizei!« sagte er dann. »Wenn ich an einem Fall dran bin, geht's mir genauso. Kommen Sie, wir trinken jetzt noch irgendwo ein Bier oder was auch immer Sie mögen und reden mal über etwas ganz anderes. Das würde mir auch ganz guttun.«
Ich war etwas überrascht, aber dann freute ich mich.
Während wir auf dem Weg zu der Gaststätte, die er vorgeschlagen hatte, waren, konnte ich dann doch noch einen letzten Gedanken, der mit der Arbeit zusammenhing, nicht unterdrücken: »Karla Bachstein ist auch noch nicht wieder aufgetaucht.«
Jan Rabbe sah mich erstaunt an, aber dann schüttelte ich den Kopf und sagte energisch: »Schluß mit der Arbeit!«

# 14

*Die Männer rochen beide unterschiedlich. Der eine, der untersetzt war und einen schwarzen Schnurrbart trug, verströmte den Duft von Senf, so richtig scharfem Löwensenf; Senf, der hervorragend zu gebratenen Würstchen paßte.*
*Der andere, einen halben Kopf größer als sein Kollege und mit dunkelblonden, fettigen Haaren auf dem Kopf, hatte ein Bier getrunken.*
*Bier interessierte Karla nicht.*
*Sie versuchte, noch eine weitere Nuance seines Dufts auszumachen. Was hatte er gegessen? »Man ist was man ißt«, das wußte doch jeder. Wenn sie herausbekam, was er gegessen hatte, wußte sie schon ganz gut über ihn Bescheid. Dann konnte er ihr kaum noch etwas anhaben.*
*Sie wurde eine Eisentreppe hinaufgestoßen und spürte, wie die Beine unter ihr nachgeben wollten. Sie fühlte sich schwach und nicht in der Lage, ihren Begleitern irgendeine Form von Widerstand entgegenzusetzen. Das Licht tat ihr furchtbar in den Augen weh und sie versuchte, ihre Hände schützend vors Gesicht zu halten.*
*Sie schlurfte über einen Flur.*
*Ein Kind, kaum zu erkennen, ob es ein Junge oder ein Mädchen war, mit kurz geschorenen Haaren und riesigen, seltsam stumpf dreinblickenden Augen, huschte über den Gang. Der, der nach Senf roch, hob die Hand zum Schlag und sagte in barschem Tonfall und einer Karla unbekannten Sprache etwas, das wohl nichts an Deutlichkeit zu wünschen übrig ließ. Das Kind verdrückte sich eiligst in eine Ecke.*
*Plötzlich war es Karla so, als ob alle Mauern, die sie eben noch dürftig beschützt hatten, eingerissen wurden. In ihr war nur noch Platz für Angst und Panik, ein hämmerndes Herz, einen staubtrockenen Mund und Schwindel. Übelkeit machte sich in ihrem leeren Magen breit.*

*Leerer Magen. Essen. Konzentriere dich wieder aufs Essen, befahl sie sich.*
*Linsensuppe mit kleinen Minibockwürstchen. Sie hatte immer versucht, möglichst viele Miniwürstchen in die Schöpfkelle zu fischen, wenn sie sich auftat. Eierlikörtorte mit weichem Biskuitboden. Entenbrust mit Honigsauce und Kartoffelknödeln und Rotkohl... Im Geiste stapelte sie Gericht um Gericht vor sich. »Man ist was man ißt.« Alle diese Dinge habe ich schon gegessen, sie sind ein Bestandteil von mir, auf bizarre, umgewandelte Art und Weise leben sie in mir weiter...*
*»Da rein«, brummte der Dunkelblonde.*
*Karlas Herz hämmerte so laut, daß sie ihn kaum verstehen konnte. Der andere ging weiter, und der Dunkelblonde mit der Bierfahne blieb allein mit ihr in einem Zimmer, in dem ein Sessel und ein Klappsofa stand. Wie betäubt setzte sie sich auf den äußersten Rand des Sofas. Und sie wußte immer noch nicht, was er gegessen hatte!*
*Der Mann setzte sich auf den Sessel und musterte sie eingehend. Dann zog er eine Packung Zigaretten hervor, irgendwas Filterloses und steckte sich eine an. Er bot ihr auch eine an, und sie schüttelte den Kopf. Hoffentlich war es nicht falsch abzulehnen. Aber ihr wurde schon vom Qualm ganz schlecht.*
*So saßen sie nun da. Er schien auf etwas zu warten.*
*Die Zeit verging.*
*Karla unterdrückte den Wunsch, auf ihre Uhr zu gucken. Sie wollte ihn nicht auf diesen Luxusgegenstand hinweisen. Was sollte sie nur machen, wenn sie diesen Wegbegleiter nicht mehr in ihrem Gefängnis hätte? Oder kam sie gar nicht mehr dorthin zurück?*
*Sie traute sich, den Dunkelblonden etwas näher zu betrachten. Sie zuckte zusammen. Seine Nase war dunkelviolett angeschwollen und sah ganz krumm aus. Getrocknetes Blut war zu sehen.*
*Schließlich beugte er sich vor und sagte, mehr zu sich selbst als zu ihr: »Als ob wir nicht schon genug am Hals hätten heute. Ich sollte eigentlich diesem kleinen Mistkerl nachjagen. Weiß der*

*Teufel, wo der jetzt steckt. Der kann was erleben, wenn ich ihn finde, das sag ich dir. Und dann, als wir gerade loswollen, fällt dem Boß noch auf die Schnelle ein, daß wir die Geschichte mit dir noch über die Bühne bringen müssen. Scheiße ist das!«*

*Karla war beinahe versucht, sich für die Unannehmlichkeiten, die sie ihm verursachte, irgendwie zu entschuldigen. Sie schrumpfte noch weiter in sich zusammen.*

*»Und dann noch diese kleine Laus, die Pjotr so ähnlich sieht. Hatte noch keine Zeit, ihn umzulegen.«*

*Karla traute ihren Ohren kaum.*

*Der Mann beugte sich vor und senkte seine Stimme etwas: »Weißt du, jemanden umzubringen dauert länger als man es sich immer vorstellt. Drei Schüsse und sie zucken noch eine Ewigkeit, verschmieren alles mit Blut. Drecksarbeit, das wieder sauberzukriegen. Aber nein, der Boß will ja, daß er für immer verschwindet.«*

*Seine Stimme war zu einem vertraulichen Flüstern geworden. »Und das nimmt Zeit in Anspruch, kannst du einen ganzen Tag dafür rechnen. Zerstückeln, wegbringen..., ist gar nicht so leicht, einen Knochen durchzusägen. Und sehr viel Dreck, verstehst du?« Er seufzte schwer.*

*Karla hätte ihm gerne gesagt, daß sie es sehr gut verstünde. Sie spürte in sich den Impuls, sich vor ihm auf den dreckigen Boden zu werfen und ihn anzuflehen, sie bitte, bitte am Leben zu lassen und dann würde sie auch ALLES für ihn tun.*

*»Selbsterhaltungstrieb« diagnostizierte eine Stimme in ihrem Kopf nüchtern, »Stockholmsyndrom«: Identifikation mit dem Entführer, dem Menschen mit dem deutlich besseren sozialen Status, wenigstens in der jeweiligen Situation. In KZs hatten die Insassen irgendwann angefangen, ihre SS-Wärter nachzuahmen, unbewußt, ein Überlebensinstinkt. So wie Kinder anfingen, ihre Eltern zu imitieren. Das wußte sie aus ihrem Pädagogikunterricht. Sie hatte gar nicht geahnt, daß sie immer so gut aufgepaßt hatte. In Pädagogik hatte sie mit Mühe und Not eine Drei geschafft. Ihre Gedanken zerfaserten sich wieder.*

*Der Dunkelblonde zog einen Schokoladenriegel aus seiner Jackentasche und hielt ihn ihr hin.*
*»Da, nimm schon, kann noch etwas dauern, bis Big Boß hier eintrudelt.«*
*Karla starrte auf den Schokoriegel. Mit Nußstücken drin und Karamelfüllung. Ihre Augen begannen sich mit Tränen zu füllen.*
*»Da los nimm schon«, drängte der Mann.*
*Karla zitterte am ganzen Körper. Ihre Zähne schlugen aufeinander. In ihrem Magen schossen schmerzhaft die Verdauungssäfte ein. Sie war unfähig, sich zu bewegen.*
*» Verdammt, jetzt zier dich doch nicht so, von der Sorte können wir hier niemanden gebrauchen.«*
*Die Stimme des Mannes war laut geworden, laut und ungeduldig. Schließlich riß er die Verpackung auf und biß selber herzhaft hinein.*
*»Hmm, da läßt du dir was entgehen.«*
*Karla liefen die Tränen in Sturzbächen über die Wangen.*
*»Mensch, jetzt hör auf zu heulen, auf so was steht der Boß nun gar nicht, wenn hier eine Zicken macht«, herrschte der Typ sie mit vollem Mund an.*
*Karla versuchte die Tränen schnell wegzuwischen, aber der Dunkelblonde biß wieder kräftig in die Schokolade. Ein brauner Krümel blieb auf seiner Lippe hängen, und er angelte mit der Zunge danach.*
*In dem Moment ging die Tür auf, und der Untersetzte kam mit einem gutgekleideten, eher älteren Mann herein.*
*Plötzlich schien im Raum keine Luft mehr zum Atmen zu sein.*
*Der Gutgekleidete legte seine Hand unter Karlas Kinn und zog ihr Gesicht hoch. Die Tränen, die ihm dabei über die Hand liefen, beachtete er gar nicht.*
*»Na, dann wollen wir doch mal schauen, was wir hier haben«, sagte er.*

# 15

Jan Rabbe und ich landeten im Restaurant Kogge vom Hotel Radisson.
Ich registrierte den Kinderspielplatz draußen und überlegte mir, mit Karen, Nikos und den Kindern am Wochenende auch mal hierher zu kommen.
Aber eigentlich hatte das Wochenende ja schon angefangen. Ich trank einen großen Schluck Bier und entspannte mich. Die Luft war mild, mein Gegenüber war mir zugegebenermaßen sehr sympathisch und ich hatte frei.
Jan Rabbe fragte mich nach meiner Arbeit im Revier, wie ich vorankam und mit den Polizisten auskam. Ich antwortete vorsichtig und diplomatisch; ich kannte ihn einfach noch nicht gut genug, um mich über seine Kollegen zu beschweren.
Dann erfuhr er, daß ich freiwillig, nicht etwa »auf Befehl« nach Lübeck gekommen war. Er war in seinem Beruf einfach daran gewöhnt, daß die Leute dahin geschickt wurden, wo man sie gerade brauchte.
»Das geht ja auch bei Großdemonstrationen und so etwas Ähnlichem gar nicht anders. Wir können ja nicht darauf warten, das sich eine Hundertschaft freiwillig für ein Wochenende meldet.«
Ich nickte nachdenklich.
»Na, das kann mir zum Glück nicht passieren.«
Er guckte fragend. Ich mußte lachen.
»Wenn es mir bei meiner Firma nicht mehr passen würde, wäre ich schneller weg, als mein Chef Marzipanbrot sagen kann. Und hätte noch schneller wieder einen neuen guten Job.«
Das klang selbstbewußt. Was soll's, wenn er damit nicht klarkam, sollten wir besser nichts miteinander zu tun haben.

Er schien beeindruckt zu sein. Dann wollte er wissen, warum ich denn dann überhaupt nach Lübeck gekommen war, und ich erzählte ihm die halbe Wahrheit, nämlich den Part mit Bernd.
Er nickte mitfühlend.
»Ich bin seit zwei Jahren geschieden«, vertraute er mir an.
»Und wie lange warst du verheiratet?« fragte ich, automatisch ins vertraute 'Du' wechselnd.
»Auch zwei Jahre«, antwortete er mir. Er starrte den Schaum in seinem Glas an.
»Mein Sohn ist jetzt vier. Wir haben kurz vor seiner Geburt noch geheiratet.«
»Warum ging's schief?« wollte ich wissen.
Er sah mich an, als ob das doch wohl gar keine Frage wäre.
»Meine Arbeit«, sagte er fast etwas ungehalten.
Damit schien für ihn schon alles gesagt zu sein.
Ich fand diese Erklärung zwar nicht so zwingend, bohrte aber auch nicht weiter.
»Siehst du deinen Sohn oft?« fragte ich weiter und hoffte, nicht schon wieder in ein Fettnäpfchen zu treten.
»Wann immer ich kann«, sagte er und darunter konnte ich mir nun wirklich nichts vorstellen. Aber ich ließ es lieber dabei. Wenn jemand über so etwas nicht reden wollte, konnte ich ihn gut verstehen. Wie kam ich überhaupt dazu, derart intime Dinge zu fragen?
Ich wurde verlegen, murmelte etwas davon, daß es schon spät sei und so und gab Jan die Hand. Eine Geste, die ich ansonsten vermied, wann immer ich konnte. Dann verzog ich mich so eilig, daß es fast nach Flucht aussehen mußte.

# 16

*»Leichenschmaus«, schoß es Karla durch den Kopf. Was für ein widerliches Wort! Sie stellte sich vor, wie alle Verwandten und Bekannten, mit Messer und Gabel bewaffnet, um ihre Leiche herum saßen und sich ein Stück aus ihr herausschnitten. Dabei gab es zu einem Leichenschmaus sehr gutes Essen. Butterkuchen mußte in Norddeutschland eigentlich immer dabei sein. Frischer, fast noch warmer Butterkuchen, saftig und locker mit einer dicken Schicht Zucker und Mandeln.*

*Karla hatte sich mit ihren Gedanken wieder weit von ihrer gegenwärtigen Situation entfernt. Weit weg von dieser ihr Gesicht in eisernem Griff packenden Hand, den prüfenden Blicken aus dem ernsten Männergesicht.*

*Trotzdem, sosehr sie auch versuchte, sich abzuschirmen, drangen seine Worte wieder zu ihr durch: »BLOND! Ich sagte RICHTIG BLOND, STROHBLOND, ihr Versager… Verdammt, könnt ihr denn auch überhaupt nichts richtig machen?«*

*Der Dunkelblonde leckte sich die letzten Reste seines eben verzehrten Schokoladenriegels vom Daumen ab.*

*Er wagte einen Widerspruch: »Ich find, sie is' blond.«*

*Eine Faust krallte sich in Karlas Haare und zog ein paar Strähnen hoch. Karla unterdrückte einen Schmerzensschrei.*

*»Hast du keine Augen im Kopf? Wenn DAS blond ist, bin ich ein Chinese!«*

*Karamelpudding, Schwarzwälder Kirschtorte und Kartoffelpuffer mit frisch gekochtem Apfelmus.*

*Karla versuchte immer angestrengter, sich gedanklich fortzubringen. Sie erstarrte.*

*NEIN, DAS KONNTE NICHT SEIN.*

*Der Mann faßte ihr um die Brust, hob sie abschätzend hoch, preßte sie ein wenig.*

*NEIN! LASS SOFORT LOS!*

*Das Gefühl beschmutzt zu sein, zog bis tief in den Bauch hinab. Pfirsich-Yoghurt, geräucherter Schinken, frisch gebackenes Ciabattabrot mit Kräuterbutter...*
*»Mensch, und dann ist die noch so dünn, das gibt es doch gar nicht. Habt ihr schon mal von einem Araber gehört, der so magere Frauen mag? Die Saudis sind nicht solche Kinderficker, verdammt, die haben gern ein bißchen was dran, versteht ihr?*
*In einer Woche kommt der Scheich, wir können ja mal sehen, ob er sie trotz der Haarfarbe will, aber seht zu, daß sie bis da ein bißchen mehr Speck auf den Knochen hat.«*
*»Wir könnten ihr die Haare blonder färben«, schlug der Dunkelblonde vor.*
*Wütend drehte sich der Chef zu ihm hin: »Wir bescheißen unsere Kundschaft nicht, ist das klar? Bei uns kann man sich darauf verlassen, daß man kriegt, was man bestellt hat!«*
*Damit war er dann auch herausgerauscht.*
*Auf Karlas Körper brannten all die Stellen, wo sie der Mann berührt hatte, und sie ekelte sich vor sich selbst. Jetzt wünschte sie sich eine Dusche, kochendheiß und eine scharfe Kernseife, die die Berührungen und die Umgebung von ihr abwaschen würde.*
*Doch dann formulierten ihre Gedanken wieder in einem nicht enden wollenden Sturzbach: Schweinerippchen mit Krautsalat, Thunfischpizza mit Zwiebeln, Tortellini in Sahnesoße...*

# 17

*Jonathan regte sich nicht.*

*Er hatte keine Ahnung, wie lange er schon so lag. Sein kleiner, schmaler Körper tat überall weh, ihm war schwindelig. Er fürchtete sich mehr, als er sich jemals gefürchtet hatte.*

*Einmal war er im Einkaufsgewühl in der Fleischhauerstraße verlorengegangen. Als er sich zu seiner Mutter umgedreht hatte, war sie einfach weggewesen. Panik war in ihm hochgestiegen, und er hatte laut geweint. Schließlich hatte ihn seine Mutter gefunden und mit ihm geschimpft. Gleichzeitig hatte sie ihn ganz, ganz tüchtig in die Arme genommen und gedrückt, und er hatte gespürt, wie erleichtert sie war, ihn wieder bei sich zu haben.*

*Jonathan lag auf seiner Pritsche und starrte an die Decke. Das hier war seine Strafe, und er schämte sich entsetzlich.*

*Vor zwei Wochen hatte er seinem Vater aus dessen Portemonnaie fünf Mark gestohlen. Sein Taschengeld hatte er schon ausgegeben gehabt und ausgerechnet da war Malte gekommen und hatte ihm seine Pokémon-Sammlung für einen Spottpreis angeboten.*

*Alle hundertfünfzig Pokémons!*

*Und noch den Sticker von Mew dazu! Für FÜNF Mark!*

*Er hatte sein Glück gar nicht fassen können.*

*Aber seine Eltern hatten sich geweigert, ihm einen Vorschuß zu zahlen.*

*»Damit fangen wir gar nicht erst an«, hatte sein Vater bestimmt gesagt, und seine Mutter hatte gemeint, sie wolle diese Pokémon-Sachen sowieso nicht im Haus haben.*

*Malte wollte aber nicht warten. Er hatte genug Interessenten, die ihm sofort das Geld geben konnten. Jonathan hatte es nicht ausgehalten und dann, an diesem besonderen Morgen hatte Papa seine Brieftasche auf dem Tisch liegenlassen, während er noch mal ins Bad mußte. Also hatte er sich die fünf Mark herausgenommen.*

*Er hatte es vom nächsten Taschengeld zurückzahlen wollen und*

*gedacht, daß es bestimmt gar nicht auffallen würde. Was waren denn schon für Papa fünf Mark!*
*Aber jetzt war es gar nicht schön die Pokémon-Karten zu haben. Es war schwieriger, als gedacht, sie so zu verstecken, daß Mama sie nicht finden würde. Außerdem hatte er Angst, daß Papa die Geldklauerei doch noch bemerken würde. Dann wäre die Hölle los!*
*Er MUSSTE nach Hause. Wenn er nicht bald kam, würden sie bestimmt sein Zimmer durchsuchen und dann würden sie sicher die Pokémon-Sticker finden und dann... - Andererseits, sie würden ihn doch wohl kaum unter der Matratze suchen, in der irrigen Annahme, er hätte sich in einen Plattfisch verwandelt.*
*Aber bei Eltern konnte man nie wissen. Wenn sie erst die Karten gefunden hatten, würden sie zwei und zwei zusammenzählen. Ja, wenn er dann da wäre und sofort behaupten konnte, daß er sie nur geliehen hätte... Aber so würden sie Malte fragen, und der würde von den fünf Mark erzählen.*
*Alles in Jonathans schmerzendem Körper sehnte sich danach, wieder zu Hause zu sein, aber gleichzeitig hatte er das Gefühl, daß er seinen Eltern nie wieder unter die Augen treten konnte.*
*Sie würden ihn ansehen und wissen, daß er ein Lügner war, ein Dieb. Vielleicht saßen sie gerade zusammen und sagten: »Das mußte ja schlimm enden!« und dachten sich eine Strafe für ihn aus. Jonathan stellte sich das wütende Gesicht seines Vaters vor und dachte, daß es vielleicht besser wäre, ihn nie wiederzusehen.*
*Bei diesem Gedanken schnürte sich sein Hals so eng zu, daß er heftig nach Atemluft ringen mußte.*

# 18

Samstagmorgen wieselten Eva und ich aufgeregt durch die Wohnung. Zum ersten Mal sollten wir Besuch bekommen. Aber das war gar nicht das wirklich Aufregende. Was uns in diese fast schon hektische Stimmung brachte, war die Tatsache, daß unter den Besuchern zwei Kinder waren. Wir waren beide den Umgang mit Kindern wenig gewöhnt, aber wußten, daß Kinder sehr direkt ihre Meinung äußerten.

Würde Ben einen Rundgang durch die Wohnung machen und dann anfangen zu brüllen, er wolle nach Hause? Was konnten wir ihnen anbieten, damit sie sich wohlfühlten? Worüber unterhielt man sich mit einem Dreijährigen und einer Zehnjährigen?

Wir tranken Kaffee, und ich berichtete von meiner Begegnung mit Jan Rabbe – was natürlich sofort dazu führte, daß wir wieder über unseren Leichenfund diskutierten. Während wir gerade wieder einmal verbal an den fehlenden Schuhen herumkauten, klingelte es an der Tür. Karen stürmte als erste die Treppenstufen hinauf, um mich zu umarmen, blieb dann aber wegen Billys Kläfferei vorsichtig stehen.

»Das ist Evas Blindenhund«, erklärte ich.

»Ach, so, ja, klar«, gab sie zurück.

Eva kam hinzu, nahm Billy fest am Halsband und herrschte ihn an, die Klappe zu halten. Dann winkte sie die Besucher heran, stellte sie Billy einzeln vor und ließ sie ihren Geruch aufnehmen. Die Hündin beruhigte sich und wedelte nun aufgeregt mit ihrem Schwanz hin und her.

Nikos beugte sich zu ihr herunter und streichelte sie aus-

giebig. Nikos war fast zwei Meter groß und beeindruckte schon allein dadurch Mensch und Tier. Nachdem er mit dem Hund fertig war, drückte er mich an sich, und ich kam mir, wie immer, wie eine Spielzeugpuppe vor.
»Schön, daß ihr da seid«, sagte ich etwas hölzern, meinte es aber genau so.
Dann begrüßte ich die Kinder, die allerdings nur Augen für den Hund hatten. Lillian sah etwas ängstlich aus, während Ben ihm bereits am Fell herumzog und so etwas gurrte wie »Braver, guter Hund.«
Eva stand neben Billy und kniete sich hin.
»Hier hinter den Ohren mag sie es besonders, wenn man sie dort krault.«
Sie tastete nach Bens Hand und führte sie dorthin.
»Sie heißt Billy.«
Eine Weile streichelten beide das Tier, dann sagte sie: »Und ich bin Eva. Willst du ein Eis essen zur Abkühlung nach der ganzen Autofahrerei?«
Ben strahlte sie an und nickte, was sie natürlich nicht sehen konnte. Ich wollte ihn gerade darauf hinweisen, als Karen sich schon einschaltete.
Sie setzte sich zu Ben auf den Boden und sagte sanft: »Ben, Evas Augen sind kaputt, sie kann dich nicht sehen. Daß du nickst, sieht sie auch nicht, also mußt du es ihr sagen.«
»Deine Augen sind kaputt?« fragte der Kleine neugierig. Dann hob er seine Hand und legte sie vorsichtig auf Evas Gesicht.
Ich hielt heimlich den Atem an, aber Eva lächelte nur. Sie streckte ihrerseits die Hand aus und befühlte Bens hohe Stirn, seine runden Wangen, seine breite Nase und die vollen Lippen. Ben kicherte und wand sich.
Ein tolles Spiel!
Ich konnte es kaum glauben. Wie hatte Eva mich

beschimpft, als ich ihr einmal zaghaft angeboten hatte, mein Gesicht abzutasten. Solche Klischeevorstellungen von Blinden solle ich lieber gleich ablegen usw., usw.
Kaum war Eva fertig, hatte Karen ihre Hand genommen, schüttelte sie, sagte: »Hallo, ich bin Karen«, und legte Evas Hand ebenfalls auf ihr Gesicht.
Wieder hielt ich die Luft an.
Eva schien zunächst etwas verblüfft zu sein, ließ dann aber tatsächlich ihre Finger auch über Karens schmales Gesicht huschen. Sie fuhr Karen durch die wirren, kurzen Locken und Karen erklärte sofort: »Sie sind blond.«
Eva nickte und bevor sie sich von dieser Kontaktaufnahme richtig erholen konnte, saß auch schon Lillian neben Karen und drängelte, jetzt sei sie dran, Eva zu begrüßen.
Eva lächelte doch tatsächlich, vollführte die Prozedur auch an Lillian und meinte dann: »Wer hat dir denn diesen straffen Zopf verpaßt? Tut dir das nicht weh?«
Lillian schnaubte verächtlich: »Du weißt ja nicht, wie das ist, so eine Wolle auf dem Kopf zu haben. Ich hätte auch gerne so schöne glatte, schwarze Haare wie du.«
Sie fuhr Eva durchs Haar und seufzte frustriert.
Karens bedrücktem Gesichtsausdruck entnahm ich, wie oft sie wohl schon mit Lillian über deren Aussehen geredet hatte. Klar, Lillian war jetzt zehn, und es wurde immer wichtiger, genauso auszusehen wie alle anderen.
Karen wollte etwas zu Lillian sagen, aber das Kind hob abwehrend die Hand hoch.
»Ich schätze, ich möchte auch ein Eis, Eva«, gab sie dann zu verstehen.
Eva nahm Lillian und Ben an die Hand, und wir gingen in die Küche.
»Guten Tag, ich bin übrigens Nikos«, sagte Nikos leicht spöttisch in den leeren Flur hinein, »und wer streichelt mich?«

## 19

Die Kinder belegten Eva so mit Beschlag, daß ich einen kleinen Stich der Eifersucht in meiner Brust spürte. Doch dann nutzte ich die Zeit, um in Ruhe mit Karen zu reden.

Sie wollte alles über meine Erfahrungen mit der Lübecker Polizei hören und jede Einzelheit über unseren Leichenfund. Danach mußte ich ihr alles über Jan Rabbe erzählen, und ich ärgerte mich über den neugierigen Glanz in ihren blaugrünen Augen.

»Da gibt es nichts weiter zu berichten«, gab ich schroffer zurück, als ich es vorgehabt hatte.

Zum Glück verstand Karen den Hinweis und ließ es gut sein. Also begann ich SIE auszuhorchen. Als ich sie nach ihrer Wochenendbeziehung mit Nikos fragte, antwortete sie äußerst wortkarg. Offensichtlich war dies zur Zeit nicht ihr Lieblingsthema.

Ich stöhnte innerlich.

Sie war noch keine zwei Stunden hier, und schon schien es schwierig zu werden.

Es paßte nicht zu ihr, daß sie sich in bezug auf Nikos so schweigsam anstellte. Bisher hatte ich zu diesem Thema mehr anhören müssen, als mir lieb gewesen war. Nicht, daß ich Nikos nicht mochte, aber als Typ Mann war er mir viel zu schön.

Ich stand nicht so auf diese Pierce-Brosnan-Typen. Die Männer, in die ich mich verguckte, hatten alle einen kleinen Fehler, eine kleine, offensichtliche menschliche Schwäche. Entweder trugen sie ein kleines Bäuchlein vor sich her oder ihnen gingen die Haare aus oder ihr Mund war schief... Dadurch wurden sie für mich erst lebendig und interessant.

Die Kinder tobten in mein Zimmer, und wir atmeten beide erleichtert aus. Die beiden hüpften herum und schrien, daß sie jetzt zum Strand wollten.
Nikos kam dazu, strich sich ein paar schwarze Strähnen aus der Stirn und gab zu verstehen, daß er dies für eine sehr gute Idee hielt.
Ich warf ein, daß wir auch in die Palingener Heide fahren könnten, wurde aber durch laute »Strand«, »Strand«-Rufe schnell überstimmt. Also suchte ich Handtücher und Sonnenmilch für Eva und mich zusammen, während Karen die Reisetaschen durchwühlte.
Die Kinder stritten sich kreischend um irgendwas und Billy bellte aufgeregt.
»Wenn wir alle mitwollen, muß einer Ben auf den Schoß nehmen«, gab Nikos zu bedenken.
Wir Frauen beschlossen, es darauf ankommen zu lassen.
Wir liefen zum Auto, und die nächsten vierzig Schritte sollten uns den Tag gründlich verderben. Obwohl, es waren weniger die Schritte, die wir zurücklegten, als unsere wachsamen Blicke.
»Guckt mal«, rief Ben noch ganz fröhlich, »da hat jemand seine Schuhe vergessen.«

Die Schuhe waren braun und ziemlich unscheinbar. Sie wären niemandem aufgefallen, wenn sie nicht äußerst ordentlich mitten auf dem Fußweg abgestellt worden wären. Ich meine, wir hätten auch an ihnen vorbeigehen und uns einen schönen Tag in Travemünde machen können. Aber ich blieb stehen und sah sie mir genauer an.
Billy schnüffelte und bellte aufgeregt.
Karen sprach es als erstes aus: »Meinst du, die Schuhe dort sind, na, ja, gehören zu der, du weißt schon...«
»Leiche«, ergänzte ich und das Wort klang schaurig. Ich mußte schlucken.

»Man kann ja nie wissen«, sagte ich dann lahm.
»Besser, wir verständigen die Polizei.«
Ich konnte meinen Blick nicht von Billy losreißen. Sie war so aufgeregt, wie ich sie noch nie erlebt hatte. Sicher nicht nur wegen der Schuhe... Rochen sie wie die Leiche? Und wenn das der Fall war, was hatten die Schuhe dann hier, in der Friedenstraße, direkt vor unserer Wohnung zu suchen?
Ich wollte gar nicht darüber nachdenken. Also kramte ich geschäftig mein Handy hervor und rief Jan Rabbe auf seiner Dienststelle an. Obwohl es Samstag war, war er Gott sei Dank da. Na klar, er ermittelte schließlich auch in einem Mordfall. Er wurde schrecklich aufgeregt, als ich ihm von unserem Fund und Billys Reaktion erzählte. (Vielleicht rannte er auch hin und her, legte den Kopf in den Nacken und winselte?) Mein Grinsen bei dieser Vorstellung fiel etwas matt aus; ich versprach, daß wir uns nicht von der Stelle rühren würden, nichts anfassen, nichts verändern, eigentlich kaum atmen würden, bis er eintrudeln würde.
»Wie beim Stopptanz«, sagte Lillian dicht neben mir. Ich zuckte zusammen.
»Wie bitte?« fragte ich irritiert.
»Stopptanzen. Wenn die Musik aufhört, muß jeder so stehenbleiben, wie er gerade war und darf sich nicht mehr bewegen.«
»Ein perfektes Bild für mein derzeitiges Leben«, murmelte ich und diesmal fragte Lillian »Wie bitte?«
Ich schüttelte den Kopf und zwang mich, sie anzulächeln.
»Na, hier kriegst du ja echt was geboten. Gleich läuft hier die Polizei auf.«
Lillian verzog das Gesicht: »Das habe ich schon mal mitgemacht, darauf kann ich gerne verzichten.«

Oje, ich hatte ja ganz vergessen, daß bei Lillian und Ben letztes Jahr eingebrochen und ihr Kinderzimmer auf äußerst perverse Art und Weise »umdekoriert« worden war. Ich legte ihr meine Hand auf die Schulter, eine Geste, die irgendwie beruhigend wirken sollte. Ich merkte allerdings, daß es nicht den gewünschten Effekt hatte. Lillians Augen blitzten wütend in Karens Richtung.
»Und damals hat SIE auch auf uns aufgepaßt.«
Ich spürte genau, wie wütend Lillian war. Natürlich konnte Karen damals ebensowenig für den Einbruch wie jetzt für die Schuhe. Aber es tat Lillian offensichtlich gut, jemanden zu haben, auf den sie ihre Wut konzentrieren konnte.
So wie früher meine große Schwester, die mir eine runterhaute, weil sie eine Fünf in Chemie bekommen hatte. Wahrscheinlich steckte Frieda immer noch spitze Nadeln in eine Marlene-Schuster-Puppe, wenn sie bei einer Beförderung übergangen worden war.
Der Druck meiner Hand auf Lillians Schulter wurde fester.
»Karen kann nichts dafür und das weißt du«, sagte ich schroff.
Das Mädchen wand sich unter mir und machte sich los. Sie sandte mir einen bitterbösen Blick zu, aber das konnte ich auch ganz gut.
Unser Blickduell »Böser Blick« trifft »Strengen Blick« wurde durch die Ankunft eines Streifenwagens unterbrochen.

Jan Rabbe schwang sich mit einem sehenswerten Hüftschwung elegant aus dem Opel und marschierte schnurstracks auf die Schuhe zu.
Hinter ihm tauchte eine sehr attraktive Polizistin mit feuerroten Haaren auf. Sie lächelte freundlich in die Runde

und fragte mich in ruhigem Tonfall, ob ich angerufen hatte. Ich entspannte mich etwas und nickte ihr zu. Sie nahm eine Kamera heraus und fotografierte die Schuhe und alles drum herum.
Ein weiterer Streifenwagen kam und ein paar Uniformierte machten sich daran, die Umgebung abzusuchen. Nach was, wußte ich nicht und sie selbst wahrscheinlich auch nicht. Dann wurden die Schuhe in eine Plastiktüte gepackt und, wie die Rothaarige mir mitteilte, ins Labor gebracht.
»Na dann«, sagte ich zu den anderen, »auf geht's ans Wasser!«
Doch als wir uns gerade in Bewegung setzten, versperrte mir ein schlechtgelaunter Jan Rabbe den Weg.
»Nix da, ihr kommt alle mit. Ich will eure Zeugenaussage!«
»Zeugenaussage?« fragte Karen irritiert.
»Allerdings«, zischte Jan Rabbe zurück.
»Das sind mir nun doch zu viele Zufälle. Erst die Leiche finden, dann die Schuhe. Ich will jeden einzeln vernehmen.«
»Nicht schon wieder«, stöhnte Karen.
»Schon wieder?« fragte Jan Rabbe scharf nach.
Karen winkte ab, aber Jan Rabbe behielt sie im Visier.
»Das werden Sie mir gleich mal ausführlich berichten.«
Seine Gesten zeigten auf den Streifenwagen und waren mehr Befehl als Einladung.
So landeten wir alle an diesem schönen Samstagmorgen in der Possehlstraße, in dem mir nun schon bekannten Büro.
Während ich mit der netten Rothaarigen eine kultivierte Unterhaltung führte, hörte ich im Nebenraum, wie ein immer lauter werdender Jan Rabbe Karen in die Zange nahm. Sie schien sich nicht nur für Lillian, sondern auch

für den Oberkommissar gut als Projektionsfläche für umherschwirrende Aggressionen zu eignen.
Hoffentlich nahm sie seine Attacken nicht allzu persönlich, dachte ich noch.
Doch, tat sie, merkte ich aber nur eine Sekunde später, denn auch ihre Stimme schraubte sich allmählich in lautere Tonlagen.
Ich schüttelte den Kopf.
»Moment mal«, sagte ich entschuldigend zu der Polizistin und stand auf.
Ich marschierte ins Nebenzimmer und kommandierte wie eine Mutter, die völlig genervt von ihrem sich ewig streitenden Nachwuchs war:»Hört jetzt auf, alle beide. Das ist doch absurd!«
Beide verstummten plötzlich und starrten mich erstaunt an.

# 20

Karen waren ein paar blonde Locken in ihr vor Zorn gerötetes Gesicht gefallen, und sie hatte die Hände zu Fäusten geballt.

»Bitte sag diesem verbohrten Beamtenkopf, wie absurd seine Unterstellungen sind. Damit führt er sich doch nur selbst aufs Glatteis!«

Jan Rabbes Augen waren zu kleinen Schlitzen zusammengeschrumpft.

»Sie hat schon ein paar kriminalistische Erfahrungen zuviel, das kann doch kein Zufall sein! Und kaum taucht sie hier in Lübeck auf, liegen ihr die Schuhe einer Leiche im Weg!«

Bevor Karen aufbrausen konnte, unterbrach ich beide.

»So ein Quatsch! Karen hat der Bremer Kripo als psychologische Beraterin geholfen, einen Fall aufzuklären. Natürlich hat sie dabei mehr kriminalistische Erfahrungen gemacht als jeder Normalbürger...«

Karen hatte eine Telefonnummer herausgezogen.

»Hier, das ist die Privatnummer von Hauptkommissar Lenz von der Bremer Kripo. Rufen Sie an und überzeugen Sie sich.«

Jan Rabbe nahm nur widerwillig die Nummer entgegen, so vorsichtig, als ob es sich um eine Briefbombe handeln könnte. Dann zögerte er kurz und wählte.

Wir hörten stumm zu, wie er seinem Gesprächspartner die Situation erklärte und dann der Antwort lauschte. Als er den Hörer auflegte, schien er um zehn Zentimeter geschrumpft.

Im nachhinein würde ich sagen, daß ich mich genau in diesem Moment in Jan Rabbe verliebt habe.

Ich starrte auf seine Haare, die ihm der Schweiß an den

Schläfen festgeklebt hatte und mußte meine Hände ineinander verschränken, um ihn nicht irgendwo anzufassen. Es war diese unglaubliche Mischung aus Ehrgeiz, Wut, Hilflosigkeit und Besonnenheit, die mein Herz schneller schlagen ließ.
Jetzt würde er uns wahrscheinlich gleich laufenlassen, aber jetzt wollte ich plötzlich überhaupt nicht mehr weg. Ich wollte nur noch mit ihm allein sein.

Marlene reiß dich zusammen, beschwor ich mich leise.

# 21

Jan Rabbe entließ uns schließlich sehr beschämt. Er machte einen so zerknirschten Eindruck, daß ich zum Erstaunen der anderen verkündete, daß ich »noch einen Moment« bleiben wolle. Da ich ja nun schon mal da sei, könne ich mir schon mal einen groben Überblick über den Computerstatus in der Behörde verschaffen.
Karen sah stinksauer aus, schließlich war sie extra meinetwegen nach Lübeck gekommen, und auch die anderen schienen meinen Arbeitseifer äußerst befremdlich zu finden.
Ich nahm Karen beiseite und versicherte ihr, daß ich meine Gründe dafür hatte und ihr später auch alles erklären würde.
Sie zuckte resigniert mit den Achseln, als ob sie sagen wollte, mach, was du für richtig hältst.
Ich beschrieb ihr noch, wie sie zum Biergarten des Restaurants Kogge kommen konnten, dann verzog sich die ganze Bande. Plötzlich fühlte ich mich gleichzeitig innerlich leer und total aufgeregt.
Jan verplante mich sofort ganz selbstverständlich und beschloß, daß ich ja mal versuchen könne, etwas darüber herauszufinden, ob und wo in Deutschland noch gehäuft Kinder vermißt gemeldet worden waren. Ich klapperte die Liste mit Nummern ab, die mir Jan gegeben hatte.
Natürlich war es nicht meine Aufgabe, nach den verschwundenen Kindern zu suchen, das konnten die Kripoleute eigentlich viel besser. Aber ich konnte es trotzdem nicht ertragen, soviel von diesen Fällen mitzubekommen, ohne irgendetwas zu tun.
Wenn ich mich kritisch betrachtet hätte - was ich nicht tat - wäre mir wahrscheinlich recht schnell aufgefallen,

daß ich den Schmerz der betroffenen Eltern längst zu meinem eigenen gemacht hatte, oder besser: zu meinem eigenen hinzugefügt hatte. Ich hoffte, daß, wenn ich etwas für sie tun konnte, es mir selbst auch wieder besser gehen würde.

Während ich runde Augen bekam, weil mir gar nicht klar gewesen war, wieviele Kinder und Jugendliche jedes Jahr so in Deutschland verschwanden, erfuhr Jan, wer die Leiche war.
Er kam nachdenklich zu mir und ließ sich auf den Stuhl neben mir fallen.
Den Mann hatte man als Hermann Köhler identifizieren können, und Hermann Köhler hatte auch nur einige Stockwerke über ihm gearbeitet, im selben Gebäude. Sie waren, wenn auch nur sehr entfernt, Büronachbarn gewesen.
Jan durchforschte sein Gehirn. Hatte er ihn vielleicht irgendwann einmal gesehen? War ihm auf dem Flur begegnet?

Schließlich wurde der Tag zum Abend.
Egal, wie arbeitseifrig ich mich auch gab, jetzt mußte ich wohl gehen...
Jan Rabbe und ich standen verlegen nebeneinander. Ich nestelte unentschlossen wartend in meiner Tasche herum.
Er schlug zaghaft vor, daß wir bei ihm noch etwas essen konnten, wurde aber gleich nachdem er es ausgesprochen hatte, recht verlegen.
Ich versuchte, meine Begeisterung nicht allzu offen herauszustrahlen. Dabei bemühte ich mich, den Gedanken zu verdrängen, daß Karen nach dieser Aktion möglicherweise meine Telefonnummer für immer aus ihrem

Adreßbuch streichen würde. Der Wunsch, Jan Rabbe näher zu kommen, war gerade stärker als alles andere.

Auf der Fahrt zu seiner Wohnung am Hansering sprachen wir nur wenig.
Ich versuchte meine aufsteigenden Gefühle irgendwie in den Griff zu bekommen, aber das war gar nicht so einfach. Ich konnte kaum glauben, was da mit mir geschah, denn schließlich war ich doch eher kopfgesteuert und vernunftorientiert.

Die Wohnung wirkte ordentlich und sauber, fast schon steril und anonym, so als ob ihr Besitzer nur sehr wenig Zeit dort zubrachte. Entsprechend war der Kühlschrank auch nur sehr dürftig ausgestattet.
Gar nicht glaubhaft, daß er mich zu einem Essen hatte einladen wollen.
Das machte mir Mut.
Er druckste herum und überlegte, wie wir nun doch noch zu etwas Nahrhaftem kommen konnten, aber dank der sich zwischen uns aufbauenden Spannung verspürte ich ohnehin nicht das geringste Hungergefühl. Mein Magen war zu einem nervösen Knoten zusammengezurrt.
Also stand ich einfach im Vorflur zu der Küche und sah ihn an. Jan kam aus der Küche heraus und mir daher zwangsläufig sehr nahe.
Im nächsten Moment lagen wir uns endlich in den Armen und küßten uns voller Leidenschaft, fast schon verzweifelt.
Ich weiß bis heute nicht mehr, wer den Anfang machte, aber das spielt wohl auch keine so entscheidende Rolle.

Jedenfalls ließen wir das Essen einfach ausfallen.

## 22

*Ganz leise und vorsichtig wurde die Tür geöffnet.*
*Eine heisere Kinderstimme wisperte etwas, aber Jonathan konnte es nicht verstehen. Dann kamen leise Schritte langsam näher.*
*Das, was das Kind flüsterte, klang wie: »Kak idiosch?«*
*Wahrscheinlich wollte es sagen: »Was bist du für ein beknackter Idiot?«*
*Dabei klang die Stimme aber sehr freundlich.*
*Eine magere, kleine Hand strich ihm vorsichtig über den Kopf. Dann wurde etwas gemurmelt, was nach »otschen plocho« klang. Die Hand hob seinen Kopf ein wenig und setzte ihm ein Glas mit Cola an die Lippen.*
*Jonathan schluckte, auch wenn es ihm Schmerzen bereitete.*
*»Pjotr?« fragte das Kind.*
*Jonathan tippte darauf, daß es ein Junge war, auch wenn das nur schwer auszumachen war. Die Haare waren so kurz, daß die Kopfhaut darunter schimmerte, und die kleine Gestalt war katastrophal mager.*
*»Wer bist du? Was mache ich hier?« stammelte Jonathan mit Mühe. Das Blut an seinem Mund war verkrustet, und seine Vorderzähne taten höllisch weh.*
*Das dünne Kind sprang nervös einen Satz zurück und verschüttete dabei den Rest Cola. Es starrte auf Jonathan und stieß einige aufgeregte Sätze in dem für Jonathan unverständlichem Kauderwelsch hervor, bevor es aus dem Zimmer stürmte und die Tür wieder sorgfältig verschloß.*
*»Halt warte!«*
*Jonathan versuchte sich aufzusetzen, aber die Schmerzen schossen wie ein Blitz durch seinen Körper und drückten ihn zurück auf seine Liege.*
*»Warte«, wimmerte er wieder.*
*Aber es kam keine Antwort.*

# 23

Nur wenige Kilometer von Jonathan entfernt, stand Uwe Holtmann, Vater von drei Kindern, Ehemann von Antje Holtmann, der erfolgreichen Innenarchitektin, und Vorgesetzter von Jan Rabbe am Tisch seines Eßzimmers und überlegte, welche Gläser er aufdecken sollte.

Oft tranken Antje und er abends ein Glas Wein zum Essen, aber heute war ihm eigentlich nicht danach. Seine beruflichen Schwierigkeiten schlugen ihm auf den Magen und der war sonst eigentlich durch nichts zu erschüttern.

»Entweder Sie wachsen noch zwanzig Zentimeter oder Sie fangen bald mal an, Diät zu machen«, hatte sein Arzt bei der letzten Untersuchung zu ihm gesagt.

Er holte drei Saftgläser für die Kinder und nach kurzem Zögern zwei Rotweingläser.

Antje kam ins Eßzimmer, sah auf die Gläser und sagte: »Miriam ist heute abend gar nicht da. Ich habe ihr erlaubt, bis um acht bei ihrer Freundin zu bleiben.«

Ihre Augen überblickten rasch den nun fertig gedeckten Tisch.

»Prima, kannst du auch schon mal den Merlot öffnen?«

Uwe nickte und lobte sie: »Es riecht ganz köstlich.«

Antje lächelte ihn an: »Dann wollen wir mal hoffen, daß es auch so gut schmeckt. Holst du die Kinder?«

Er nickte und ging die Treppe zu den Kinderzimmern hoch.

Aus einer Tür klang laute Musik und sein Klopfen wurde nicht gehört. Er drückte die Türklinke herunter.

Seine mit ihren vierzehn Jahren älteste Tochter hielt in ihren Tanzbewegungen inne und funkelte ihn wütend an: »Kannst du nicht anklopfen?«

»Hab ich, aber du hörst ja nichts. Komm jetzt, das Essen ist fertig.«
Sandra verdrehte die Augen und signalisierte damit, daß Nahrungsaufnahme keinen hohen Stellenwert für sie hatte.
Uwe ging zur nächsten Tür, klopfte und erhielt wieder keine Antwort. Als er das Zimmer betrat, sah er, daß sein Jüngster auf dem Bett lag und schlief.
»André«, rief Uwe ihn sanft, »komm, wir wollen zusammen essen.«
André murmelte etwas Unverständliches und drehte sich auf die Seite.
Uwe rüttelte den Siebenjährigen energischer.
»Du kannst dich gleich danach wieder hinlegen.«
André blinzelte seinen Vater müde an. Er hatte wunderschöne lange Wimpern. Uwe strich ihm ein paar Haarsträhnen aus dem Gesicht.
Es war nicht mit Worten zu beschreiben, wie sehr er seine Kinder liebte.
Von unten rief seine Frau nach ihm. Jemand war am Telefon und wollte DRINGEND mit ihm sprechen.

# 24

Langweilig war es.
Sie war die ganze Zeit skeptisch gewesen, ob es so eine gute Idee war, das Wochenende in Lübeck zu verbringen. Aber als sie dann gemerkt hatte, wie sich ihre Mutter freute, daß sie und Ben mal zwei Tage nicht da waren und sie damit mehr ungestörte Zeit mit ihrem neuen Freund verbringen konnte, hatte sie nichts mehr gesagt.
Nun war wieder alles schief gegangen. Ging es schließlich fast immer, wenn Karen mit von der Partie war. Warum konnte sie nicht allein mit Ben bei Onkel Nikos bleiben? Warum mußte Karen sich überall einmischen mit ihren tollen Vorschlägen. Ein Wochenende an der Ostsee, klar, toll! Und was war daraus geworden? Sie waren nicht einmal in die Nähe der Ostsee gekommen.
Jetzt saßen die Erwachsenen abgeschlafft auf den Bänken und tranken Bier. Und sie und Ben sollten am besten schön spielen und nicht weiter nerven. Ben saß mittlerweile auf Karens Schoß und war eingeschlafen. Und sie hing hier nun allein herum.
Sterbenslangweilig.
Keiner bemerkte sie überhaupt.
Lillian kickte mit ihrer Sandale gegen einen Stein.
Autsch, der hatte voll den Zeh getroffen.
Da bemerkte sie einen Jungen in schmutzigen Klamotten, viel zu warm angezogen für das Wetter.
Er beugte sich über einen Abfalleimer und fischte darin herum.
Igitt, das war ja eklig. Was suchte der da nur drin?
Lillian ging langsam näher heran.
Der Junge hatte ein schon ganz braun gewordenes Apfelkerngehäuse herausgenommen und aß es auf, ganz und gar.

Meine Güte, hatte der etwa solchen Hunger?
Lillian erinnerte sich, daß ihr ihre Mutter viel von Afrika erzählt hatte und wie es dort war. Dort hatten manche Menschen auch solchen Hunger.
Aber doch nicht hier in Lübeck!
Sie war fasziniert und fühlte sich zu dem Jungen hingezogen. Doch was sollte sie sagen, sie konnte ihn ja nicht einfach so ansprechen.
Ihr kam eine Idee. Schnell lief sie zu Karen und fragte, ob sie sich ein Eis holen könne. Karen war offensichtlich erfreut, daß Lillian wieder mit ihr redete und rückte sofort das Geld heraus.
Mit dem Eis noch in der Verpackung ging sie wieder zu dem Jungen.
Sie stellte sich neben ihn, hielt ihm das Eis unter die Nase und fragte: »Na, willste das essen?«
Der Junge zuckte zusammen und es hatte den Anschein, als ob er schnell die Flucht ergreifen wollte. Aber dann starrte er auf das Eis und zögerte.
Lillian drückte es ihm in die Hand.
»Ich hab sowieso keinen Appetit darauf. Hab auch noch nicht abgebissen oder so.«
Der Junge guckte sie lauernd an, als ob er sich noch nicht sicher war, ob dies nicht eine Falle sein könnte.
Lillian dachte nach.
»Kannst du mich verstehen?«
Der Junge starrte sie nur an.
»Also nicht. Paß auf: Das Eis ist für dich!«
Sie zeigte zunächst auf die Verpackung, dann auf den Jungen und nickte nachdrücklich.
Ein kleines Lächeln huschte über das schmutzige Gesicht des Jungen.
Jetzt hatte Lillian die Situation im Griff.
»Los, komm! Wir setzen uns da ans Ufer und dann

kannst du dein Eis in aller Ruhe essen.«
Sie nahm ihn an die Hand und zeigte auf einen Rasenstück. Der Junge sah sich vorsichtig um und kam dann mit. Auf dem Stein riß er feierlich das Papier herunter und biß ein Stückchen vom Schokoladenüberzug ab.
Eine Weile leckte er an seinem Eis, ohne die Welt um sich herum weiter wahrzunehmen.
Dann zögerte er und hielt Lillian den Stiel hin.
Lillian hatte eigentlich keinen Appetit, vor allem jetzt, wo sie gemerkt hatte, wie unangenehm der Junge roch, aber sie wollte ihm auch unbedingt zeigen, daß sie ihn mochte.
Also nahm sie einen Bissen und lachte.
Der Junge lachte auch ein bißchen, dann flog sein Kopf wieder pfeilschnell hin und her, als suche er jemanden.
Lillian legte die rechte Hand auf ihre Brust.
»Ich heiße Lillian. LILLIAN«, sagte sie überdeutlich.
Dann zeigte sie auf den Jungen und guckte fragend.
Zuerst verstand sie ihn nicht, aber sie versuchte, seinen Namen so gut sie es konnte nachzusprechen. Schließlich war er zufrieden und nickte.
»Pjotr«, Lillian ließ das »r« ein wenig rollen.
»Du heißt also Pjotr.«

## 25

*Leon und Wladimir waren schlecht gelaunt.*

*Sie waren nun seit drei Stunden durch Lübeck gekurvt, in der Hoffnung, irgendwo über Pjotr zu stolpern. All die Orte, an denen sich Ausreißer üblicherweise aufhielten, waren abgegrast. Nun hatten sie beschlossen, sich zu trennen und zu Fuß ihr Glück zu versuchen. Sie sprachen lieber nicht darüber, was passieren würde, wenn sie den Jungen nicht bald fanden.*

*Leon trabte über den Kohlmarkt, während er krampfhaft überlegte, wie er seine mißliche Situation verbessern konnte. Er hatte sogar schon daran gedacht, zur Polizei zu gehen und den ganzen Menschenschmuggelring auffliegen zu lassen. Vielleicht konnte er für sich selbst ja Straffreiheit oder wenigstens Strafminderung herausschlagen.*

*Aber noch bevor er diesen Gedanken zu Ende gedacht hatte, war ihm der Boß eingefallen und als er an ihn dachte, wußte er, daß ihm der Boß niemals die Chance geben würde, so eine Aussage zu machen. Der hatte seine Mittel und Wege, sowas zu verhindern.*

*Er bog in die Holstenstraße ein und seufzte. Das hier war wie die berühmte Suche nach der Nadel im Heuhaufen.*

*Als ob sie nicht genug Arbeit am Hals hatten. Der Junge, der Pjotr so ähnlich sah, mußte auch noch weg.*

*Und dann noch das Mädchen. Was stellte sich der Boß nur so an! Was war schon blond! Für einen Araber war sie sicherlich hell genug. Die waren so verrückt nach weißer Haut, das würde schon klappen. Wenn sie doch nur nicht die ganze Zeit heulen würde, sobald man ihr etwas zu Essen hinstellte. Das war doch zum Auswachsen. Außerdem, wie sollte sie sich so in den paar Tagen Fettpolster anfressen.*

*Hoffentlich fanden sie heute wenigstens diesen kleinen Mistkerl, aber selbst wenn...*

*Der Boß war zur Zeit einfach zu nervös. Eigentlich auch kein Wunder...*
*Leon erreichte die Straße »An der Untertrave« und ging über die Ampel, sah neidisch auf die Schlange der Leute, die dort für ein Eis anstanden. Kurzentschlossen entschied er, daß er sich eine kleine Pause verdient hatte und reihte sich in die Schlange ein. Seine Blicke schweiften übers Wasser.*
*Und blieben hängen.*

*Wahnsinn, da am anderen Ufer saß Pjotr auf dem Boden und schleckte ein Eis!*
*Leons Herzschlag überschlug sich förmlich. Mechanisch zückte er sein Handy und wählte Wladis Nummer. Schnell sah er sich nach einem Straßenschild um.*
*So ein Glück war doch kaum zu glauben. Hatte er doch recht gehabt, alles würde wieder gut werden.*
*Jetzt hieß es nur noch ganz fix sein, ihn schnappen, bevor er wieder verschwunden war.*
*Seine Füße berührten kaum noch den Boden. Wladi war von der Willy-Brandt-Allee losgestartet.*
*Der kleine Bursche hatte doch gar keine Chance.*

Leon erreichte das Gartenlokal und steuerte sofort auf Pjotr zu.
Immer damit rechnend, daß einer der anwesenden Gäste russisch verstand, sagte er zuckersüß: »Meine Güte, da bist du ja endlich! Wir haben uns schon solche Sorgen gemacht. Nun komm aber mit nach Hause, Pjotr!«
Pjotr war zur Salzsäule erstarrt und kalkweiß im Gesicht geworden. Dann ergriff er die Hand des neben ihm sitzenden Mädchens und hielt sie ganz fest.
Leon achtete erst jetzt auf das Mädchen. Sie war eine Schwarze und ihr Blick war stechend.
»Niet«, sagte Pjotr und das schien sie zu verstehen.

Sie legte den Arm um Pjotr und sagte mit fester Stimme zu Leon: »Wenn er nicht mit dir mit will, muß er das auch nicht!«
Ihre Stimme schallte laut über den Platz.
Eine blonde Frau, die einen kleinen schwarzen Jungen auf dem Schoß hatte, blickte zu ihnen herüber.
Wladimir kam an, außer Atem und verschwitzt. Sein demoliertes Gesicht wirkte nicht gerade vertrauenserweckend.
Die blonde Frau und ein Riese mit rabenschwarzem Haar näherten sich ihnen.

»Du weißt, daß wir dich kriegen. Irgendwann kriegen wir alle Ausreißer und du weißt auch, was dann passiert. Also sei jetzt vernünftig und komm ohne Theater mit. Dann sorgen wir auch dafür, daß der Boß dir nicht den Kopf abreißt«, redete Leon auf Pjotr ein.
Das Kind schien ihn gar nicht zu hören.
Die blonde Frau und der Mann waren jetzt bei ihnen.
»Na, Lillian, was ist los?« fragte die Frau freundlich, aber Leon machte sich keine Illusionen. Mit der war nicht zu spaßen.
Das Mädchen erzählte, daß Pjotr etwas zu Essen aus dem Müll geholt hatte, und daß er sich nun offensichtlich vor diesen Männern hier fürchtete.
Leon setzte sein gewinnendstes Lächeln auf: »Er ist von zu Hause weggelaufen und wir haben uns schon so gesorgt! Wahrscheinlich hat er Angst, daß er bestraft wird, wenn er jetzt mitkommt. Das ist aber nicht so, Sie können mir glauben, wir sind nur froh, ihn gesund und munter wiederzuhaben.«
Leon hielt es für eine gute Idee, Pjotr mal eben liebevoll über den Kopf zu streicheln. Der Junge zuckte bei der Berührung sofort zusammen, als wäre er geschlagen worden.

Leon sah, daß die Frau dies genau registriert hatte.
Mist.
»Er hatte vielleicht Gründe, von zu Hause wegzulaufen«, sagte die Frau, immer noch ganz freundlich, aber hinter dieser Freundlichkeit gefroren Eiszapfen.
Nun beugte sie sich zu Pjotr und lächelte ihn an.
»In Deutschland dürfen Kinder von zu Hause weglaufen, wenn es dort ganz schlimm für sie ist, und sie werden dann woanders untergebracht.«
»Er kann dich nicht verstehen«, antwortete ihr das Mädchen.
Der große Mann versuchte es mit einigen Sprachen, die Pjotr jedoch alle nicht verstand und die ihn nur um so verwirrter werden ließen.
»Bitte, seien Sie nicht böse, aber ich schlage vor, wir gehen jetzt alle gemeinsam zur Polizei. Sie haben dort ja bestimmt schon eine Vermißtenanzeige aufgegeben. Vielleicht gibt es dort auch einen Dolmetscher.«
Die Frau hatte sich auf Pjotrs andere Seite gestellt. Keine Chance, an den Jungen ranzukommen.
Der große Mann signalisierte durch seine Körpersprache, daß er sich an einem möglichen Gefecht in jedem Fall beteiligen würde.

Also fuhren sie tatsächlich zur Polizei.
Wladi hatte gerade noch Zeit, dem Boß telefonisch Bericht zu erstatten.
Der reagierte erstaunlich ruhig, riet ihnen, erst mal mitzuspielen. Versprach, sich sofort um alles zu kümmern.

# 26

Auf der Wache gab es ein heilloses Durcheinander. Die Beamten schienen völlig überfordert zu sein. Wer gehörte jetzt eigentlich zu wem, und warum wollte wer nicht zu wem?
Also beschlossen sie zunächst einmal, die Personen zu trennen. Pjotr, Leon und Wladimir wurden in zwei Nebenräume gebracht. Eine Glasscheibe trennte sie nun voneinander, und die Übriggebliebenen standen etwas unschlüssig herum.
Da zupfte Lillian Karen am Ärmel und zeigte auf ein Foto, das an der Wand hing.
»Guck mal, der Junge dort sieht genauso aus wie Pjotr.«
Karen sah sich die Vermißtmeldung eingehend an. Sie stieß einen kleinen Pfiff aus, blickte vom Foto zum Jungen und wieder zurück. Dann kräuselte sich ihre Stirn in lauter kleine Falten.
»Da ist doch irgend etwas oberfaul!« sagte sie zu Nikos.
Während nun auch eine Beamtin auf die Ähnlichkeit aufmerksam wurde, ging die Tür auf und ein übergewichtiger Mann kam herein.
Die Beamtin erkannte ihn und schnellte wie ein Pfeil empor.
»Hauptkommissar Holtmann!«
Holtmann nickte ihr zu und blickte auf die vielen Personen.
»Was ist hier los, eine Familienstreitigkeit?«
Die Beamtin versuchte ihm den Inhalt des Konflikts mitzuteilen und wies ihn auch auf die Ähnlichkeit von Pjotr und Jonathan hin. Er starrte das Foto an.
»Hmm, das werde ich mal genauer unter die Lupe nehmen.«

Pjotr hatte neue Hoffnung gefaßt.
Erst die gelungene Flucht und jetzt, wo ihn Leon und Wladi gefunden hatten, schienen ihn die fremden Leute beschützen zu wollen.
Trotzdem war ihm mulmig auf dem Polizeirevier.
Er hatte in St. Petersburg viele Polizeiwachen kennengelernt, immer hatten sie ihn irgendwo aufgegabelt und ihm Ärger gemacht. Ein Polizist hatte ihm eine ordentliche Ohrfeige gegeben. Nur einmal hatte er richtig Glück gehabt, da war unter den Polizisten einer seiner Freier gewesen. Er hatte vor den anderen sehr streng getan, ihn dann aber mit zu sich nach Hause genommen, ihn duschen lassen und ihm eine Sauerkrautsuppe mit viel Sahne und Brot gemacht, so wie Pjotr sie liebte.
Nicht lange danach hatten SIE ihn geschnappt. Er war leichte Beute gewesen, immer auf der Straße, nirgendwo willkommen.
Sie hatten ihn auf eine lange Reise geschickt, und nun war er hier, auch wenn er keine Ahnung hatte, wo dieses »hier« war.
»Deutschland«, hatte ihm Nadja zugeraunt.
»Wir sind in Deutschland.«
Aber auch hier war sein Leben nicht anders als sonstwo. Schnell war er an ein Bordell verkauft worden, hatte ein Zimmer bekommen und jede Menge »Besuch« von den unterschiedlichsten Freiern.
Als er eine Chance gesehen hatte zu flüchten, war er losgelaufen, nur noch vom Instinkt geleitet.
Nie mehr zu Leon und Wladi und den Schlägen, Beschimpfungen und der Gewalt zurück.
Er wollte auch nicht mehr zu seinem Vater zurück, einem hoffnungslosen Säufer, der irgendwann angefangen hatte, seine Saufschulden damit zu begleichen, daß er Pjotrs Körper verkaufte.

Aber er wollte nach Rußland zurück, dort, wo er wenigstens die Sprache verstand und ein paar andere Kinder, die in einer ähnlichen Situation wie er waren, kannte.
So trostlos sein Dasein auch gewesen war, es war besser gewesen als sein jetziges.
Pjotr wußte, daß er zehn Jahre alt war, aber das glaubte ihm keiner, so klein und dünn wie er war. Auf sechs oder sieben wurde er geschätzt. Aber irgendwann würde sich auch sein geschundener Körper entwickeln, in wenigen Jahren schon. Und dann würden ihn die Freier nicht mehr wollen - und die Bordelle auch nicht. Und das bedeutete in der Regel nichts Gutes.

Eine Polizistin hatte ihm ein Glas mit Saft hingestellt, aber er traute sich nicht zu trinken.
Wenn er mit Leon und Wladi gehen mußte, dann brauchte er nichts mehr zu trinken, das war schon mal klar. Ausreißen wurde nicht geduldet. Das mußte schon als Warnung für die anderen Kindern so sein.

Die Tür ging auf und ein neuer Polizist trat ein.
»Da bist du ja endlich!« sagte eine Stimme auf russisch.
Pjotr blickte auf. Vor Schreck stieß er den Saft vom Tisch.
Wie konnte das nur sein?

Vor ihm stand der Boß.

# 27

Hauptkommissar Holtmann gab der verwunderten Beamtin Bescheid, daß er sich »der Sache« annehmen werde und es besser sei, den Jungen und die beiden Russen jetzt zur Possehlstraße zu bringen.
Lillian wollte Pjotr gern noch sehen, aber Holtmann teilte ihr bedauernd mit, daß dies leider nicht möglich sei. Er werde aber persönlich dafür sorgen, daß Pjotr gut untergebracht werde.

Lillian und Ben waren inzwischen beide todmüde und Nikos und Karen brachten sie ins Hotel. Sie hatten sich dort auf ein Männer- und ein Frauenzimmer geeinigt.
Karen und Lillian lagen nebeneinander und schwiegen sich eine Zeitlang an.
»Du weißt, daß es mir leid tut, daß das Wochenende so schief gelaufen ist.«
Das kam von Karen.
Schweigen.
»Ich frag mich, was der Junge wohl gerade macht.«
Lillian drehte sich zu Karen um.
»Ja, darüber habe ich auch nachgedacht. Meinst du, es gibt eine Möglichkeit herauszufinden, wo er jetzt ist?«
Karen sah Lillian nachdenklich an.
»Ich weiß nicht recht. Wir können es morgen vormittag ja mal versuchen. Abends wollen wir ja schon wieder zurück. Ob da allerdings an einem Sonntagmorgen überhaupt Leute sind, die uns Auskunft geben können, bezweifle ich ja. Aber Marlene könnte ja am Montag nachhaken, was meinst du?«
»Ja, das soll sie machen.«
»Lillian?«

»Ja?«
»Ich fand es toll, daß du ihm ein Eis gekauft hast. Ich wünschte mir so sehr, wir hätten mehr für ihn tun können.«
Schweigen.
»Karen? Ich, ähm, ich habe mich gefreut, daß du dich eingemischt hast, als die Männer Pjotr holen wollten.«
»Nach meiner Theorie haben alle Erwachsene die Verpflichtung, sich um Kinder zu kümmern, die Hilfe brauchen.«
»Deswegen kümmerst du dich auch um Ben und mich?«
»Klar, schließlich seid ihr so unerträgliche Nervensägen, wer könnte es sonst schon mit euch aushalten?«
»Ha ha«, brummte Lillian.
»Selber 'ha ha'. Also, Nervensäge, schlaf gut.«
»Du auch, Tante Karen!«
»Na, das mit der Tante kannst du dir auch sparen.«

# 28

Wir lagen beide auf dem Rücken, ganz entspannt nebeneinander, hielten uns an den Händen und spürten, wie vom geöffneten Fenster eine kleine erfrischende Brise zu uns drang. Ich versuchte alle auf mich einstürmenden Gedanken beiseitezuschieben und einfach nur glücklich und verliebt zu sein.

Ein Mann, der bereits ein Kind hatte.

Geschieden.

Polizist aus Lübeck.

Der einen schweren Fall am Hals hatte.

Ich verscheuchte diese Überlegungen wie lästige Fliegen, die aber immer wieder zurückkamen und nervten.

Jan hatte sich auf seinen Ellenbogen aufgestützt und sah zu mir herunter. Ich konnte sein Gesicht im Dunkeln fast nicht erkennen, ich sah nur die Augen blitzen und funkeln und verspürte den heftigen Impuls, sein Gesicht zu mir zu ziehen und ihn einfach zu küssen und zu küssen und danach noch mal mit ihm zu schlafen.

Hauptsache, er sagte jetzt nichts, was ich nicht hören wollte.

Ich glaube, du solltest jetzt gehen, zum Beispiel.

Oder: Ich hab ja deine Telefonnummer, ruf mich nicht an, ich rufe dich an. Vielen Dank und tschüs.

Eben all diese Sätze, die ich zum Teil beschämenswerterweise selbst schon abgelassen hatte.

Und wenn er mir nun seine Liebe gestand und mich wiedersehen wollte?

Bei der Vorstellung spannten sich winzige Muskelpartien in mir an und machten sich bereit zur schnellen Flucht.

Ich wußte kaum, was ich mehr fürchtete, daß er wollte, daß ich blieb, oder daß ich ging.

Was war ich nur verkorkst!

»Jan?« dieses Wort war halb Feststellung und halb Frage. Er strich mir mit seiner freien Hand durch die Haare.
»Ja«, sagte er einfach nur und in diesem kleinen, wichtigen Wort der deutschen Sprache hatte er mir ganz klar zu verstehen gegeben, daß ich bleiben sollte.
Seine Stimme war ganz rauh vor Zärtlichkeit.
Ich zog ihn zu mir und wußte plötzlich ganz genau, wie sehr ich es auch wollte.

Als ich wach wurde, hörte ich ihn schon in der Küche mit Tassen klappern. Ich zog mir einfach ein T-Shirt an und ging zu ihm hin. Er stand nackt vor der Kaffeemaschine und zählte die Löffel Kaffeepulver, mit denen er die Maschine fütterte. Dabei summte er vor sich hin.
Als er mich hörte, drehte er sich zu mir um und lächelte mich an.
»Na, Prinzessin, gut geschlafen?«
»Vielleicht ein bißchen zu kurz«, antwortete die Prinzessin.
Wir grinsten uns beide wissend an.
»Dann müssen wir eben die fehlende Nachtruhe mit starkem Kaffee kompensieren«, schlug Jan vor und stellte mir einen Becher mit der Aufschrift »Gut gelaunt den Tag genießen« hin.
Das Telefon klingelte und Jan seufzte. Er nahm den Hörer ab und meldete sich knapp.
»Ja, natürlich will ich es wissen«, sprach er in den Apparat. Mit der freien Hand angelte er sich einen Stift und machte Notizen.
»Ich bin gleich da«, beendete er das Gespräch.
»Der Laborbericht über die Schuhe ist schon da«, sagte er zu mir. »Eigentlich ungewöhnlich, daß die am Wochenende arbeiten, aber ich muß jetzt natürlich sofort los.«
Ich nickte.
»Nimm dir einen Kaffee«, sagte er etwas unentschlossen.

»Ich komm schon klar. Sieh zu, daß du wegkommst«, sagte ich mit fester Stimme.
Er schien erleichtert und zog ab, um sich schnell zu duschen. Plötzlich hatte ich große Lust mitzukommen und auch den Laborbericht zu sehen. Ich wollte nicht untätig hier herumsitzen, Kaffee trinken und mich dann später aus der Wohnung schleichen.
Ich ging zu ihm ins Bad und klopfte an die Duschwand. Sie wurde etwas zur Seite geschoben und ein nasser Kopf streckte sich mir entgegen.
»Was hältst du davon, wenn ich mitkomme? Ich kann dir vielleicht irgendwie helfen... Beim Tippen oder so.«
Jan wischte die Wassertropfen aus seinem Gesicht.
Er sah äußerst skeptisch aus. Schließlich dachte er laut: »Na ja, eigentlich arbeitest du ja für die Polizei...!«
Er zweifelte immer noch.
Ich schob die Duschwand weiter auf, und ein paar Wassertropfen spritzten auf den Boden.
»Ich will da nicht mit dir herumknutschen oder so«, stellte ich klar. »Ich denke, ich kann dir wirklich helfen.«
Jan stellte das Wasser aus und sah mich an.
Ich wußte genau, daß ich wütend aussah.
Er mußte lachen.
»Das ist aber schade. Ich meine, daß du nicht mit mir herumknutschen willst. Das gäbe doch endlich mal etwas Gesprächsstoff in dieser langweiligen Behörde!«
Er angelte nach einem Handtuch.
»Und persönlich ist es für mich schlicht eine Katastrophe!«
Er nahm mich fest in die Arme und küßte mich einfach.
»Ich werde es gar nicht aushalten können, dich den ganzen Tag nicht zu berühren.«
Meine Wut schmolz wie Schnee in der Sonne.
Wir rissen uns mit heftigem Bedauern voneinander los, und ich floh schnell unter die eben frei gewordene Dusche.

## 29

Pjotr war tot.
Zu Tode geprügelt von Leon und Wladimir. Seinem mißhandelten Körper wurde ein Schild umgebunden, auf dem stand: ICH WOLLTE FLIEHEN!
Gut sichtbar für all die anderen Kinder...

Jonathan lag immer noch auf seiner Pritsche, konnte sich vor Schmerzen kaum drehen und hoffte darauf, daß das russische Kind ihn noch mal besuchen würde
Er ahnte nicht, welches Drama sich nur unweit von ihm abgespielt hatte.
Er lag im Dunkeln und hoffte auf seine Rettung.
Er ahnte nicht, daß ihm Pjotrs Tod einen Zeitaufschub beschert hatte und er nur deshalb noch am Leben war, weil Leon und Wladimir alle Hände voll zu tun hatten.
Das alles wußte er nicht.
Aber auch seine Zeit lief langsam ab.

# 30

Wenigstens hatte ich noch so viel Anstand, Karen im Hotel anzurufen.
Ich erzählte ihr in knappen Worten wo - und ein bißchen auch wie - ich die letzte Nacht zugebracht hatte, und sie freute sich für mich. Wahrscheinlich gab es nicht allzuviele Freundinnen, die man dringend zu sich bestellte, die dann ohne Murren kamen, obwohl sie andere Pläne gehabt hatten, die man dann auch noch versetzen konnte UND die sich dann auch noch freuten, weil man sich verliebt hatte und sich glücklich und unsicher und aufgeregt und nervös zugleich fühlte.
Ich nahm mir fest vor, irgendwann wiedergutzumachen, daß ich mich wie eine treulose Tomate aufgeführt hatte.
Aber aktuell rauschten durch meinen Kopf nur irgendwelche Hormone, die überlegtes Handeln einfach nicht zuließen.
Karen erzählte mir von ihren gestrigen Erlebnissen, und trotz meines beschriebenen Geisteszustandes horchte ich auf.
»Ihr wart in der Mengstraße?«
Sie bestätigte es mir.
»Ich habe in der ganzen Zeit, in der ich dort war, kein einziges hohes Tier von der Kripo dort gesehen. Und das auch noch am Wochenende. Das ist aber sehr merkwürdig.«
Karen bat mich darum, daß ich mich nach dem russischen Kind erkundigen solle.
Ich erzählte ihr, daß ich das sogar sofort tun würde. Sie schien damit einverstanden zu sein, und ich kam drumherum, ihr erklären zu müssen, daß ich auch heute vormittag nicht vorhatte, sie zu treffen.
Trotzdem kaute ich an meinem schlechten Gewissen

Karen gegenüber, als wir zu Jans Dienststelle fuhren.
Um unser Schweigen zu durchbrechen, erzählte ich Jan Karens Geschichte. An seinem Stirnrunzeln konnte ich ablesen, daß er kein Wort glaubte. Das machte mich sauer.
»Du willst nur nicht glauben, daß jemand aus deinen Reihen Mist bauen könnte«, fuhr ich ihn ziemlich scharf an.
Jans Stirnrunzeln vertieften sich.
»Was soll das heißen, aus meinen Reihen? Unterstellst du mir hier üble Kungelei?«
Wir schwiegen uns kurze Zeit mißmutig an.
»Hör mal«, sagte ich dann einlenkend, »erinnerst du dich daran, daß du Karen für eine verdächtige Person, oder wie auch immer das heißt, gehalten hast und du dann diesen Typen, diesen Lenz, in Bremen angerufen hast?«
Jan nickte, schon etwas weniger zornig.
»Ja, der hat was Nettes über sie gesagt, und die Sache war für dich geritzt.«
»Ja«, gab Jan zu. »War das jetzt auch falsch? Worauf willst du hinaus?«
»Ich will dir an diesem Beispiel nur zeigen, wie schwer das Wort eines Polizisten für einen anderen wiegt. Ich meine, den Lenz aus Bremen kennst du noch nicht mal, und du glaubst ihm, weil er zu deiner Truppe gehört.«
Erneutes Stirnrunzeln bei dem Wort »Truppe«.
Jan sah sich gezwungen, die Polizei in Schutz zu nehmen.
»Wenn es anders wäre, könnten wir unsere Arbeit auch gar nicht machen. Wenn wir an einer größeren Sache dran sind und ein Großeinsatz läuft und wir Unterstützung aus anderen Bundesländern brauchen, können wir nicht lange prüfen, ob die einzelnen Beamten vertrauenswürdig sind. Wir müssen uns einfach darauf verlassen können, daß sie ihre Arbeit gut machen und uns entsprechend weiterhelfen oder sogar beschützen.«
Ich nickte. »Das verstehe ich ja, aber...«

»Entschuldige mal, aber ich glaube nicht, daß du das wirklich verstehst«, unterbrach mich Jan heftig, »oder hast du mal irgendwo gearbeitet, wo möglicherweise dein Leben davon abhing, daß andere Menschen ihren Job gut machten?«
Ich schwieg.
Dann setzte ich wieder an: »Ich glaube schon, daß ich das verstehen kann. Trotzdem scheint es mir eine kritische Auseinandersetzung miteinander zu tabuisieren.«
Wir sahen uns kurz an, und Jan kam fast von der Fahrbahn ab.
„Was? Sag das noch mal«, forderte er mich entgeistert auf.
»Tja, da sieht man doch mal, daß ich ein Grundstudium Psychologie hinter mich gebracht habe.«
Wir mußten laut loslachen, und in diesem Lachen löste sich die schlechte Stimmung zwischen uns auf.
Wir hatten uns noch nicht richtig wieder eingekriegt, da waren wir auch schon da.

Es stellte sich schnell heraus, daß niemand Jans Chef während des Wochenendes gesehen hatte. Nicht die Leute, die im Kriminaldauerdienst gearbeitet hatten und auch sonst keiner. Auch fanden sich keinerlei Hinweise über ein Verhör der Russen.
Jan war verwirrt.
»Er muß den Jungen doch irgendwo untergebracht haben«, überlegte er und hängte sich ans Telefon, um die dafür zuständigen Stellen abzuklappern.
Nirgends eine Spur.
Er wurde immer unruhiger und ich wußte, er verkniff sich so manche Bemerkung über die Beobachtungsgabe von Karen.
Ich kam schließlich auf die Idee, in der Mengstraße anzurufen und dort nachzufragen, wer am gestrigen Abend

Dienst gehabt hatte. Es war Lisa Berger gewesen, und ich war darüber sehr erleichtert. Bei keinem anderen hätte ich es gewagt, zu Hause anzurufen.
Jan wandte sich seinem Laborbericht zu, nachdem ich die Sache jetzt übernommen hatte.
Ich hatte ja gesagt, daß ich von Nutzen sein würde.

Lisa Berger war beim dritten Klingeln am Apparat.
»Ja?« keuchte sie atemlos in den Hörer.
»Hallo, ich bin's, Marlene Schuster, die Computerfrau...«
»...aus Bremen. Ja klar. Was gibt's?« sie holte tief Luft.
»Ich hoffe, ich störe nicht gerade...«
»Nein, nein, ich habe nur gerade trainiert.«
»Gut, also, du hattest doch gestern Dienst.«
»Ja?«
»Meine Freundin Karen Fischer, eine Blondine mit kurzem lockigem Haar und ihr Freund, Nikos Schmiedemann, waren gestern bei euch auf dem Revier, wegen eines russischen Jungen, der von zu Hause weggelaufen war.«
»Ja, und sie hatten zwei Kinder dabei. Haben sie die adoptiert? Von den beiden konnten die ja nicht sein, aber sowas Knuffiges...«
»Nein, das sind die Kinder von Nikos' Schwester. Was ich aber wissen will ist folgendes: Karen hat behauptet, Jans Chef ist überraschend aufgetaucht...«
»Jan?«
»Äh, Jan Rabbe von der Kripo. Nein, also ich meine, ich wollte fragen, ob Hauptkommissar Holtmann bei euch war.«
»Ja, ich dachte, ich flieg um, als er da stand. Was ist los? Hat er sich über mich beschwert?«
Lisas Stimme klang besorgt.
»Nein, absolut nicht!«
»Du weißt doch, ich will so gerne mal zur Kripo...«

»Das schaffst du auch, ganz bestimmt. Was ist mit dem russischen Jungen passiert?«
»Der Kleine, der dem vermißten Jonathan so ähnlich sah? Na, der Holtmann hat sich drum gekümmert. Das fand ich absolut spitze. Wahrscheinlich, weil er selber drei Kinder hat.«
»Und wo ist der Junge jetzt?«
»Mußt du den Holtmann fragen«, antwortete Lisa, »der hat ihn schließlich mitgenommen.«
»O.k. Mensch, danke, Lisa und trainiere schön weiter!«
»Keine Ursache, aber...«
Lisas Stimme hatte einen fragenden Unterton, den ich jetzt einfach ignorierte.
»Schönes Wochenende noch!«
Ich legte schnell den Hörer auf.

Was hatte sie gesagt?
Der, der dem vermißten Jonathan so ähnlich sah.
Ein Ziehen im Bauch sagte mir rein intuitiv, daß das kein Zufall sein konnte. Andererseits, wie paßte das zusammen?
Ich ging in Gedanken versunken zu Jan, der fast in den Laborbericht hineingekrochen war.
»Hör mal, Jan...«
»Hallo!« unterbrach mich eine helle Frauenstimme.
Jan und ich blickten zum Türrahmen, in dem sich eine Blondine mit lilafarbenen Fingernägeln und dazu farblich abgestimmtem Lidschatten breitgemacht hatte. Sie sah mich unverhohlen eifersüchtig an.
»Christine, was machst du denn hier?« entfuhr es Jan verblüfft.
Als hätte man in mir einen Hebel umgelegt, wurde ich auch eifersüchtig. Ich schob dieses unangenehme Gefühl beiseite.
»Ich wollte nur meine Handtasche holen. Ich hab sie am

Freitag wohl hier vergessen«, kam die Antwort.
Jan räusperte sich.
»Also, darf ich mal vorstellen? Das ist Christine Mankawitz, unsere Sekretärin. Und das ist Marlene Schuster, die Computerfachfrau, die unsere PC miteinander vernetzen soll.«
»Und die sogar sonntags arbeitet«, bemerkte Christine spöttisch.
Blöde Schnepfe, dachte ich bei mir.
Aber was auch immer zwischen dieser Frau und Jan abging, es erschien mir wichtiger herauszufinden, was mit dem russischen Kind passiert war.

Noch vor gut einem Jahr wäre das anders gewesen.
Aber damals war ich noch nicht schwanger gewesen. Und noch entscheidender: Ich hatte das Kind noch nicht verloren. Doch seitdem dies geschehen war, hatten sich meine Prioritäten deutlich verschoben.
Jans sexuelle Anziehungskraft hin oder her.
Karen hatte mir mal von einem Versuch mit Ratten erzählt.
Dabei war es darum gegangen herauszufinden, was für Ratten so wichtig war, daß sie dafür sogar körperliche Schmerzen in Kauf nahmen.
Ergebnis? Ein Rattenweibchen rannte über eine elektrisch geladene Platte und nahm dabei Stromschläge in Kauf, wenn sie ein Rattenkind schreien hörte.
Bei Futter überlegte sie es sich und ließ es vielleicht lieber, für einen interessanten Sexualpartner riskierte sie keine Schmerzen und blieb, wo sie war.
Ratten wußten, was wichtig war.

Ich auch. Ich MUSSTE einfach wissen, was mit diesem Kind geschehen war.

Während dieser Grübeleien hörte ich mit halbem Ohr, wie Jan fragte, ob Christine wüßte, wo Holtmann sei und ob sie ihn gestern gesehen habe.
»Ich hatte gestern ja frei«, antwortete Christine, »aber ich kann es mir eigentlich nicht denken. Er wird ja inzwischen auch wissen, daß es sich bei unserem Toten am Holstentor um Hermann Köhler handelt.
Jan schwieg irritiert, weil er versuchte, der Begründung einen logischen Hintergrund zu entlocken.
»Mensch, Jan, du rennst auch mit Scheuklappen durchs Haus! Der Köhler und der Holtmann, die waren doch richtig eng miteinander. Gingen dauernd zusammen Mittagessen, trafen sich, glaube ich, auch privat. Köhler hatte einen Sohn im selben Alter wie Holtmanns Sohn.«
Jan staunte.
Für einen Kriminalisten schien er, vorsichtig formuliert, keine besonders gute Beobachtungsgabe zu haben.
Vielleicht ging ihm auch gerade auf, daß er den Kontakt zu Christine nicht nur auf eine Bettgeschichte hätte beschränken sollen; sie schien ja eine sprudelnde Informationsquelle zu sein.
Wieso war ich mir eigentlich so sicher, daß er mit Christine ein Verhältnis gehabt hatte?

Christine schnappte sich ihre Handtasche, entnahm ihr einen lilafarbenen Lippenstift und einen Taschenspiegel und zog sich gekonnt die Lippen nach. Dann klappte sie den Spiegel zusammen und preßte die Lippen aufeinander, um die Farbe gleichmäßig zu verteilen. Nach dieser sehr professionell vorgetragenen Vorstellung rauschte sie ab.
Und ließ uns mit tausend Fragen allein.

Ich blickte auf die Uhr. Es war 14.03 Uhr.

## 31

*Karla Bachstein starrte auf den Teller.*
*Mehrere Scheiben Toastbrot lagen dort, dick mit Butter bestrichen und dazu zwei Spiegeleier, gebratener Speck, kleine Würstchen. Als Getränk warmer Kakao.*
*Sie fixierte die Nahrungsmittel regelrecht mit ihren bohrenden Blicken.*
*Wenn sie auch bisher mit dem Begriff Haßliebe wenig hatte anfangen können, jetzt verstand sie ihn. Der Wunsch, alles gleichzeitig in sich hineinzustopfen, kämpte mit dem Widerwillen, von ihren Peinigern etwas anzunehmen.*
*Plötzlich schnellte eine Hand zur Gabel und es gab kein Halten mehr.*
*Sie stopfte sich den Mund voll, wie ein Raubtier, das Beute gerissen hatte. Sie würgte alles herunter, fast ohne zu kauen. Dann legte sie die Gabel weg und aß mit den Fingern weiter.*
*Ein Fest der Völlerei.*
*Hinterher sank sie erschöpft auf den Boden, Butter- und Eireste im Gesicht verteilt, Fettspritzer auf dem T-Shirt.*

*Schon wenige Minuten später hatte sie das Gefühl, als ob der Nahrungsklumpen in ihrem Magen aufging wie ein Hefekloß und ihren Körper regelrecht anschwellen ließ. Sie legte ihre Hand auf den prallen Bauch und spürte, wie das Essen mit der gleichen Inbrunst, mit der sie es sich einverleibt hatte, wieder nach draußen wollte.*
*Sie schaffte es gerade noch zur Kloschüssel, dann brach sie alles mit einem heftigen Schwall wieder hervor. Das Würgen hörte auch dann nicht auf, als längst alles draußen war und sie Galle schmeckte.*
*Mit zitternden Fingern strich sie sich die verschwitzten Haarsträhnen zurück. Sie schluchzte haltlos. Sie spülte sich den wun-*

*den Mund mit Wasser aus und wusch sich das Gesicht. Ihr Rachen und der Nasenraum brannten wie Feuer.*
*Sie legte sich aufs Bett, versuchte sich zu beruhigen. Sie fühlte sich entsetzlich schwach, aber auch stark und erleichtert, weil es ihren Feinden nicht gelungen war, sie zu mästen wie ein Stück Zuchtvieh. Sie schlang die Arme fest um sich, um ihr Zittern unter Kontrolle zu bekommen.*
*So konnte es einfach nicht weitergehen.*

## 32

*Gleich nach dem Mittagessen wollten sich Leon und Wladi endlich daran machen, die Sache mit dem Kleinen über die Bühne zu bringen.*
*Um kurz nach eins fand Leon allerdings, daß er nach dem Essen erst einmal eine kleine Pause verdient hatte.*
*Der Junge würde schon nicht weglaufen. Und wenn er erst tot war, mußten sie schließlich gleich zwei Leichen, seine und die von Pjotr, entsorgen.*
*Doppelte Plackerei.*
*Also gönnten sie sich ein kleines Mittagsschläfchen.*

*Als der Boß um halb drei auftauchte, waren beide noch tief in angenehmen Traumwelten versunken.*
*Wladimir erwachte von einer gezielten Rechten, die ihm ins Gesicht krachte. Die kaum verheilten Narben brachen wieder auf und begannen zu bluten.*
*Er sprang auf und brüllte.*
*Als er den Boß vor sich stehen sah, unterbrach er sein Geschrei und fischte nach einem halbwegs sauberen Taschentuch, um es sich aufs Gesicht zu legen.*
*»Mann, Mann«, die Stimme von Holtmann klang richtig frustriert, »was seid ihr nur für verdammte Transusen!*
*Ist die Sache mit dem Jungen erledigt? Im Fernsehen werden sich heute abend seine heulenden Eltern an die Kidnapper wenden, und das wird dann wieder eine Massenhysterie auslösen. Ich will, daß er bis dahin in seine Atome zerlegt ist, verstehst du? In seine einzelnen Atome! Danach kannst du schlafen bis zum Herbst, aber DAS muß JETZT erledigt werden.«*
*Wladi nickte und angelte sich ein neues Taschentuch. Er war schon so oft in seinem Leben zusammengeschlagen worden, daß er wußte, daß er sein Gesicht möglichst bald kühlen mußte.*

*Eigentlich war seine Lebensgeschichte mit der von Pjotr vergleichbar. Doch er hatte bald erkannt, daß man in so einer Organisation entweder Opfer oder Täter war.*
*Er hatte sich fürs Überleben entschieden.*
*Und wenn man es genau bedachte, konnte man sich an fast jede Arbeit gewöhnen.*
*Er holte sich ein kaltes Bier aus dem Kühlschrank und preßte es gegen seine schmerzende Nase. Dann gab er Leon Bescheid, der natürlich auch schlief, aber wieder mal davongekommen war.*

*Es war zwanzig vor drei, als Leon und Wladimir die Treppe zu Jonathans Zimmer hinaufgingen.*

# 33

*Sie waren nicht wirklich scharf darauf, den Kleinen zu töten. Sie mußten es tun, weil er ein Risiko fürs Geschäft geworden war und weil der Boß es so wollte, aber es bereitete ihnen keinerlei Vergnügen. Das gab's auch nur im Fernsehen, daß bei den Mördern so ein lüsternes Glitzern in die Augen trat. Vielleicht auch bei geistesgestörten Serienkillern, aber nicht bei denen, bei denen es einfach bedauerlicherweise zum Geschäft gehörte. Ein Schweineschlachter ging schließlich auch zur Arbeit, duschte sich hinterher und war ein ganz normaler Mensch.*
*Die Unterschiede waren gar nicht so groß, wenn man ein paar Aspekte ausblendete.*
*Leons Hand lag auf dem Türgriff zu Jonathans Zimmer.*
*Wladi legte ihm eine Hand auf den Arm.*
*Leon sah ihm unwirsch ins demolierte Gesicht.*
*»Hast du das gehört?«*
*»Was denn?«*
*»Es hörte sich an wie ein Scheppern.«*
*»Hab nichts gehört.«*
*Leons Finger drückten die Klinke nach unten. Dann hielt er inne.*
*Ja, irgendein Geräusch kam da aus dem Keller.*
*Verdammt, dieses verrückte Mädchen, das immer nur still herumflennte. Was war denn mit der los?*
*Die Männer waren unentschlossen.*
*»Scheiße, das hört sich ernst an!« meinte Wladi nach einem erneuten Krachen. Was machte die da nur?*
*»Wollt ihr Hampelmänner mal nachsehen, was da los ist?« brüllte der Boß.*
*Das gab den Ausschlag.*
*Leon und Wladi rannten wie gejagt die Treppen runter in den Keller.*

*Es war viertel vor drei.*

# 34

Jan und ich waren unterwegs zu Holtmanns Haus. Unterwegs versuchten wir Zusammenhänge festzustellen, aber das erwies sich als ausgesprochen schwierig. Jan überlegte wahrscheinlich, wie es sein Chef finden würde, daß er ihn an einem so schönen Sonntagnachmittag zu Hause überfiel, den familiären Frieden störte und nach einem russischen Kind fragte, von dem er eigentlich selbst nichts wußte. Noch dazu in Begleitung der Computerfachfrau.
Ich überlegte, ob es von Bedeutung war, daß sich Pjotr und Jonathan so ähnlich zu sein schienen.

Als wir an der Tür klingelten, war Jan wesentlich nervöser als ich.
Eine schlanke Frau, schätzungsweise Mitte vierzig, mit würdevoll ergrautem Haar, öffnete uns die Tür und sah uns abschätzend an.
»Ja, bitte?«
»Entschuldigen Sie die Störung, mein Name ist Jan Rabbe. Ich bin ein Mitarbeiter ihres Mannes und hätte ihn gerne kurz gesprochen.«
Die Frau ließ sich mit ihrer Antwort Zeit.
»Da muß ich Sie leider enttäuschen, Herr Rabbe, aber er ist gerade weggefahren.«
»Könnten Sie uns bitte sagen, wo er hin ist?« platzte ich ungeduldig dazwischen.
Meine Ungeduld wurde abweisend quittiert.
»Nun, ich wüßte nicht, was Sie das angeht, Frau?«
»Marlene Schuster«, stellte ich mich vor und griff einfach nach ihrer Hand. Mit solchen Vertraulichkeiten schien man bei ihr noch weniger Punkte machen zu können.

»Also, Frau Schuster«, sagte die Dame des Hauses vornehm, »ich kann Ihnen diese Auskunft nicht geben,weil ich es selbst nicht weiß. Der Beruf meines Mannes, und das werden Sie verstehen, verlangt manchmal eben sein sofortiges Erscheinen. Ich habe es mir längst abgewöhnt, ständig nachzufragen, wohin er muß.«
Das klang leicht resigniert.
Wir bedankten uns und drehten uns frustriert um, um zum Auto zurückzugehen. Ich sah auf die Uhr.

Es war zehn Minuten vor drei.

## 35

*Karla hatte schon alles Geschirr zerdeppert und alle größeren Scherben gegen das Heizungsrohr geschlagen. Nun hatte sie das Emailletablett in der Hand und schlug damit wie eine Wilde gegen die Toilettenschüssel.*
*Als Leon und Wladimir hereinstürmten, ging sie mit dem Tablett auf die beiden los. Natürlich war sie viel zu schwach, als daß sie eine ernsthafte Gegnerin hätte sein können, aber die Verzweiflung verlieh ihr doch beträchtliche Kraftreserven. Sie trat um sich, biß, spuckte, riß an den Haaren, schlug Wladi auf die gebrochene Nase und trat Leon kräftig gegen die Kniescheibe.*
*Kurz und gut, Leon und Wladi hatten zu tun, um Karla wieder unter Kontrolle zu bringen.*
*Sie hielten sie fest, ja, aber sie wand sich immer noch hin und her. Sie trauten sich nicht, sie loszulassen.*

*Und die Zeit rannte.*

# 36

Wir waren dabei, die Autotür aufzuschließen, als ein kleiner Junge hinter einem Busch hervorgekrabbelt kam.

»Warten Sie mal«, zischte er uns wichtig zu.

Ich mußte über seine ernste Miene etwas schmunzeln und blieb auf dem Gehweg stehen.

»Na, was ist?« fragte ich ihn.

»Sie wollen wissen, wo mein Papa ist«, stellte er mit Genugtuung fest.

»Ja, das wäre schon ganz gut, wenn wir das wüßten.«

»Was wollen Sie denn von ihm?« fragte der Junge, ganz Sohn seiner Mutter.

»Nur etwas fragen«, gab ich zurück.

Der Junge schien enttäuscht zu sein. Er schickte sich wieder an, hinter den Busch zu klettern.

»Ja, aber etwas Wichtiges«, sagte ich. »Er wird bestimmt sauer sein, wenn wir es ihm erst morgen sagen können.«

Jan sah mich verwirrt an.

Ich zuckte möglichst gleichgültig mit den Achseln. »Aber was soll's.«

Ich drehte mich wieder zum Auto um.

»Hey, warten Sie, ich kann Ihnen vielleicht helfen.«

Jetzt hatte das Kind unsere volle Aufmerksamkeit.

»Ich hab ihn ein paar Mal gesehen, wie er aus dem Auto stieg, drüben beim Mönkhofer Weg, wo es zur Medizinischen Universität geht. Ich fahr da immer mit dem Fahrrad vorbei, aber er sieht mich ja nie. Kann sein, daß er da wieder ist.«

»Danke, du hast ja eine tolle Beobachtungsgabe«, lobte ich ihn.

»Du wirst bestimmt später auch mal ein guter Polizist.«
»Ja, wie mein Papa«, strahlte der Junge zurück.

Im Auto ließ Jan sofort den Motor an, aber der gab nur ein heiseres Glucksen von sich und schwieg dann ganz. Ich seufzte. Das konnte sich ja noch hinziehen.

15 Uhr.

# 37

*Holtmann stand in der Küche. Immerhin gab es halbkoffeinierten Kaffee hier, sein Arzt lag ihm schon lange in den Ohren, er solle auf seinen Blutdruck achten.*

*Meine Güte, war das alles in den letzten Tagen schiefgelaufen, er konnte es kaum glauben.*
*Erst hatte ihn der Köhler mit Leon und Wladi gesehen und ihn darauf angesprochen, ob daß nicht die beiden Russen seien, die vor zwei Jahren wegen schwerer Körperverletzung einer Frau Schlagzeilen gemacht hatten und die dann so dubios freigesprochen worden waren, weil sich die Zeugin völlig überraschend geweigert hatte, gegen die beiden auszusagen.*
*Was er denn mit denen zu bereden gehabt hätte?*
*»Quatsch, Hermann«, hatte er abgewunken, »da mußt du dich getäuscht haben, das waren entfernte Verwandte von meiner Frau.«*
*»Wußte ich gar nicht, daß Antje in Osteuropa Verwandtschaft hat«, hatte Hermann sich gewundert. Und da wußte Holtmann, daß Köhler beim nächsten Treffen mit den Familien bei Antje nachfragen würde.*

*Er hatte selbst abgedrückt, es nicht diesen Stümpern Leon und Wladimir überlassen.*
*Hatte sich mit Hermann abends am Holstentor verabredet. Ihn so freundschaftlich begrüßt wie noch nie, fast schon umarmt. Und dabei abgedrückt.*
*Nie würde er den erstaunten Ausdruck in Köhlers Gesicht vergessen. Der war schon tot, bevor er begriffen hatte, was da geschehen war.*
*Und keinem Menschen war etwas aufgefallen, das war wirklich phantastisch gewesen.*
*Keinem.*

*Er hatte die Geldbörse an sich genommen und die Schuhe. Hatte sich ausgemalt, daß es so nach Raubmord durch einen Obdachlosen aussehen würde.*
*Und ab da war alles schiefgegangen.*
*Die Schuhe hatte er später in eine Mülltonne geworfen. Und da hatte sie dann wohl tatsächlich ein Obdachloser gefunden und angezogen. Und offensichtlich bald wieder ausgezogen. Waren vielleicht zu klein gewesen. Hermann hatte kleine Füße gehabt.*
*Eine echte Pechsträhne.*

*Holtmann lauschte. Unten im Keller war es ruhig geworden. Vielleicht sollte man der Göre ein paar Beruhigungsmittel eintrichtern, überlegte er, er wollte wenigstens das Geschäft mit dem Saudi noch ordentlich über die Bühne bringen. Dafür durfte die aber nicht zu zugedröhnt sein.*
*Er hörte Leon und Wladi wieder die Treppe heraufkommen. Die sollten sich jetzt endlich um den kleinen Rotzlöffel kümmern.*
*Er würde noch mal nach dem Mädel sehen. Wenn die Verletzungen hatte, die man sehen konnte, würde er Leon und Wladi die Hölle heiß machen.*
*Er trank seinen letzten Schluck Kaffee und warf noch einen Blick auf die Uhr an der Küchenwand.*

*Es war mittlerweile schon 15.14 Uhr.*

## 38

*Leon und Wladi standen vor der kleinen reglosen Gestalt.*
*»Ich glaube, der ist schon tot«, murmelte Wladimir.*
*Leon schüttelte den mageren Körper.*
*Ein scharfer Geruch nach menschlichen Ausscheidungsendprodukten stieg empor.*
*Der Kleine hatte sich total zugeschissen und bepinkelt. Angewidert zog Leon seine Hand zurück.*
*»Sicher ist sicher«, sagte Wladimir, nahm die Pistole und drückte ab.*

# 39

*Ein leises Klacken ertönte.*
*»Scheiße«, fluchte Wladi, »die war gar nicht geladen.«*
*Er stöhnte auf. Hoffentlich begegnete er nicht gleich dem Boß auf seiner Suche nach Munition.*

*Aber als er herunterkam sah er, daß der Boß ganz andere Sorgen hatte. Ein Mann stand vor ihm und wurde vom Boß ziemlich wild beschimpft. Der Mann hatte die Arme verschränkt und ließ die Tiraden von sich abprallen. Eine recht attraktive Frau mit schulterlangem braunen Haar stand daneben und schien mit ihren Augen die Umgebung zu röntgen. Der Boß war so mit dem Mann beschäftigt, daß er gar nicht auf die Frau achtete.*

*Das war ein Fehler.*

*Zielsicher betrat sie den Flur und ging schnurstracks ins nächstbeste Zimmer. Oweia, da saß immer noch Pjotrs Leiche mit dem Warnschild um den Hals.*

*Die Frau...*

# 40

*... schrie.*

Ich schrie, noch bevor mir bewußt geworden war, was genau, oder wen ich da eigentlich vor mir hatte. Ich war einfach nur außer mir.
Gleichzeitig hörte ich, wie aus dem Keller dieses gespenstischen Hauses Lärm heraufdrang.
Mit einer Handbewegung zog ich mein Handy aus der Tasche, um jede Menge Polizisten herzubeordern.
Das Handy war so tot wie der Junge, der da auf dem Stuhl angebunden war. Ich hatte gestern natürlich nicht daran gedacht, den Akku aufzuladen.
Da hatte sich das blöder Auto nach viermal Husten endlich doch noch bereit erklärt, sich in Bewegung zu setzen und nun verließ mich die Technik zum Schluß doch noch.

Ein Mann bog mir die Arme auf den Rücken und hielt mich fest, so daß ich seinen ranzigen Körpergeruch einatmete. Ich wurde wütend und versuchte sofort, mich aus seinem Griff zu befreien, erkannte aber bald, daß ich so nie loskommen würde.
Also beugte ich mich nach vorne, um dann meinen Hinterkopf ohne Rücksicht auf eigene Verluste gegen das Gesicht des Mannes zu donnern. Ich hörte einen Schmerzensschrei, merkte, wie er hinter mir zu Boden sackte und war endlich frei.
Ich drehte mich um und konnte kaum glauben, daß ein einzelner Schlag so verheerende Auswirkungen haben konnte. Das Gesicht des Mannes war so geschwollen und blutverschmiert, daß es überhaupt nichts

Menschliches mehr an sich hatte.
Als ich mich zur Tür wandte, sah ich, daß Jan Uwe Holtmann in eisernem Griff hielt. Der schien gar nicht glauben zu können, was da passierte.
Ich kramte in Jans Taschen, fand schließlich sein Handy und machte mich ans Telefonieren.
Jan gab mir präzise Anweisungen, was ich wem zu sagen hatte und, ich kann nur sagen, die Burschen aus Schleswig-Holstein waren fix.
Nur wenige Minuten nach meinem Anruf wimmelte es nur so von Uniformierten.

## 41

Nachdem ihr Boß verhaftet worden war, brach der Widerstand der beiden anderen Männer schnell in sich zusammen.
Die Beamten durchsuchten das Haus und fanden schnell drei kleine, russische Kinder, die sich völlig verängstigt aneinanderklammerten.

In einem Zimmer im ersten Stock fand man auch den so lange vermißten Jonathan. Der Gestank in seinem Zimmer war fast unerträglich und die kleine Gestalt rührte sich überhaupt nicht.
Es schien mir eine Ewigkeit zu dauern, bis der herbeigerufene Krankenwagen endlich kam, und ich verbrachte bange Minuten damit, bei dem Jungen zu sitzen und inbrünstig zu hoffen, daß alles wieder gut für ihn werden würde.
Ich streichelte seine magere, ausgetrocknete Hand, flüsterte ihm zu, daß er jetzt in Sicherheit sei, konnte aber wirklich nicht sagen, ob er mich hören konnte oder auch nur, ob er überhaupt noch lebte.
Dann kam endlich der Arzt, ersehnt und gefürchtet.
Und seine Entwarnung.
Jonathan lebte und würde, zumindest physisch, wieder völlig gesund werden.

Im Keller befreiten die Beamten eine völlig verstörte Karla Bachstein.
Als sie an mir vorbei geführt wurde, hörte ich sie leise etwas murmeln. Es klang wie »...in Rahmsoße, einen Riesen Hot dog mit viel Zwiebeln, Reispfanne...«
Ich fragte mich, was mit ihr los war.

Als sich das Chaos lichtete, atmete ich tief durch.

Ich dachte an Karen, die auf gute Nachrichten von Pjotr hoffte und hatte gleichzeitig das Bild von Pjotrs kleinem toten Körper vor Augen.
Mir war übel.
Ich mußte sie anrufen, ich hatte es versprochen, aber es fiel mir unendlich schwer.

# 42

Als Lillian von Pjotrs Tod erfuhr, kapselte sie sich komplett ab und ließ sich von niemandem trösten.
Zum ersten Mal in ihrem Leben war sie Gewalt in einer so starken und häßlichen Form begegnet und das erschütterte sie bis in ihre Grundfesten.
Sie hatte einfach nicht gewußt, nicht für möglich gehalten, daß Erwachsene so gemein sein konnten.
Es dauerte ein paar Wochen, bis sie Karen schließlich anrief.
»Vielleicht ist das letzte, was er gegessen hat, mein Eis gewesen«, begann sie das Gespräch, und Karen war sehr erleichtert, daß sie nun endlich darüber sprach.
»Das ist gut möglich«, erwiderte Karen mit ruhiger Stimme, hatte aber selber Tränen in den Augen, als sie es sich vorstellte.
Sie sprachen drei Stunden am Telefon miteinander, und Lillian fragte Karen immer wieder, warum Menschen so etwas Böses taten.
»Das weiß ich auch nicht«, gab Karen schließlich zu.
»Ich könnte dir zwar jetzt was von Profitgier, Projektionen, zwanghaften Inszenierungen von Kindheitserlebnissen und sonstwas erzählen, aber die letzte Wahrheit ist, das ich es auch nicht weiß. Wenn ich es wüßte und auch noch wüßte, wie man sowas in Zukunft verhindert, glaub mir, ich würde es nicht für mich behalten.«

# 43

Natürlich gingen wir zur Trauerfeier für Pjotr.
Jan und ich setzten uns in die letzte Reihe, und jeder für sich kämpfte einen fast aussichtslosen Kampf gegen das schlechte Gewissen.
Jan dachte wieder und wieder darüber nach, ob er nicht schneller auf des Rätsels Lösung hätte kommen müssen, und ob er den Jungen nicht hätte retten können.
Ich fragte mich, ob ich aus ganz egoistischen Gründen Jan so mit Beschlag belegt hatte, daß ich ihn möglicherweise von der Arbeit abgehalten hatte, auch wenn ich eigentlich wußte, daß ich die ganze Sache eher forciert hatte.

Hätte, wäre, wenn.

Fakt war, daß wir zu spät gekommen waren.
Wer zu spät kommt, den bestraft das Leben, hatte Frieda immer gesagt.
Ich würde sagen, den bestraft der Tod.

Karen saß mit verheulten Augen neben mir, und ich wußte ganz genau, daß auch sie sich die allergrößten Vorwürfe machte, weil sie Pjotr nur wenige Stunden vor seinem gewaltsamen Tod noch gesehen hatte und, wie sie meinte, sich viel energischer darum hätte kümmern müssen, was aus ihm wurde.
Gegenseitig versicherten wir uns, daß wir das doch nicht hatten wissen können, aber unser schlechtes Gewissen blieb und nagte weiter an uns.
Ich war nach Lübeck gekommen, um mich vom Verlust meines Kindes abzulenken, und nun waren diese

schrecklichen Dinge um mich herum passiert, und ich hatte meiner Ansicht nach nicht genug getan, um sie zu verhindern.

Ich hielt Jans Hand und spürte, daß wir uns selbst möglichst bald vergeben mußten, wenn wir unsere Beziehung nicht zerstören wollten.

Ich konnte mir kaum einen schlechteren Start vorstellen.

Jan legte den Arm um mich und zog mich an sich.

# 44

Einige Wochen später zog ich bei Eva aus.
Die Ereignisse hatten sie darin bestätigt, dieser so feindlichen Umwelt weiterhin voller Haß und Verachtung zu begegnen, und ich war immer ihr – im wahrsten Sinne des Wortes – naheliegendstes Opfer.
Schließlich hielt ich es nicht mehr aus.
Ich packte meine Sachen, kraulte Billy, der eine Namensumtaufe in »Beate Uhse« bevorstand und verließ unsere Zweier-WG.

Ich zog in die Margarethenstraße, nicht zuletzt natürlich deshalb, um es nah zu Jan zu haben.
Egoistisch betrachtet brauchte ich mir Evas Wut nun auch nicht mehr auszuleihen, ich war selbst voll davon.
Ich sprach mit Karen am Telefon darüber und das ließ meine Telefonrechnung fast explodieren.
Aber was machte das schon, Geld hatte ich ja genug.
Sie fragte mich manchmal, wie es zwischen Jan und mir lief und ob ich mir eine Zukunft mit ihm vorstellen könne, ich antwortete dann: »Ganz gut« und »Keine Ahnung«, was auf die Dauer etwas monoton wurde.
Sie erzählte mir von Lillian und von ihrer Arbeit, aber eigentlich nichts mehr von Nikos und ich hatte so den Verdacht, daß die beiden dabei waren, sich ganz langsam zu trennen.

Ich erledigte mit einer mich selbst erstaunenden Effizienz meine Vernetzungsarbeit, und mein Chef sprach mir ein ganz dickes Lob dafür aus.

Holtmann erschoß sich in einem unbewachten Moment

mit seiner Dienstwaffe, mit der er auch, wie sich herausstellte, Hermann Köhler getötet hatte.
Warum er ihn getötet hatte, wußte allerdings niemand. Böse Zungen behaupteten, daß Köhler Freier in einem der illegalen Kinderbordelle gewesen war und versucht hatte, Holtmann zu erpressen.
Sex sells. Das Gerücht fand schnell viele Anhänger und verbreitete sich wie ein Lauffeuer. Irgendwie hatten es plötzlich alle schon immer geahnt, daß der Köhler etwas seltsam... gewesen war.

Ich versuchte mich bei den Spekulationen über das warum und weshalb einfach herauszuhalten.

Hermann Köhlers Familie litt entsetzlich unter den Gerüchten und verließ wenig später die Stadt.
Auch seine Frau konnte sich überhaupt nicht vorstellen, warum »ihr Freund« Holtmann ihren Mann umgebracht hatte.
Wie sollte sie auch ahnen, daß sich Hermann Köhler an einem warmen Junitag einfach nur zur falschen Zeit am falschen Ort aufgehalten hatte.
Wenn er nicht zufällig beim Spaziergang mit seinem Hund auf Holtmann, Leon und Wladimir gestoßen wäre...
Doch auch er hatte schließlich nicht ahnen können, was er mit seinen neugierigen Fragen auslösen würde! Er war schließlich mit Holtmann seit fast zehn Jahren befreundet gewesen. Gemeinsam hatten sie gegrillt und Fußball geschaut, sich gegenseitig zum Geburtstag eingeladen.
Hätte Köhler die Schüsse überlebt und die Wahrheit erfahren, er hätte sie selbst nicht geglaubt.

# 45

Jonathan lag noch einige Zeit im Krankenhaus und wurde sowohl medizinisch als auch psychologisch ganz hervorragend betreut.
Die Ärzte und Psychologen waren sich einig, daß er gute Chancen hatte, alles relativ unbeschadet zu überstehen.

Sein Leben verdankte er einer unglaublichen Reihe von Zufällen, von denen weder er noch irgend jemand sonst erfahren würde.
Er hatte einfach Glück gehabt, Glück, daß Holtmanns Sohn zur Stelle gewesen war und gewußt hatte, wo sein Vater steckte, Glück, daß Mascha, das kleine russische Mädchen, ihm ein Glas Cola eingeflößt hatte, Glück, daß die Pistole nicht geladen gewesen war und Karla zur »rechten« Zeit einen Durchdreher gehabt hatte, Glück, daß Leon und Wladimir so viel mit Pjotr zu tun gehabt hatten...
Glück, daß Pjotr und so vielen anderen Kindern gefehlt hatte.

Karla Bachstein erholte sich nicht so gut wie Jonathan von ihrer Geiselnahme. Sie litt unter einer heftigen Eßstörung und hatte so viele bulimische Attacken pro Tag, daß ihre Speiseröhre regelrecht verätzt wurde. Trotzdem konnte sie nicht aufhören, Essen in sich hineinzustopfen und kurze Zeit später wieder zu erbrechen. Der Psychologe, bei dem sie in Behandlung war, versuchte eine frühkindliche Beziehungsstörung zwischen ihrer Mutter und ihr herauszuarbeiten und schrieb in die Protokolle nach den Sitzungen, daß Karla dem sehr viel Widerstand und Abwehr entgegen brachte und sie sicher noch einen langen Weg vor sich hatten.

# 46

Einige Zeit später kam Karen zu ihrem nächsten Besuch, und ich ging mit ihr und Jan an der Untertrave spazieren.
»Was ist Lübeck nur für eine wunderschöne Stadt!« brach es plötzlich aus Karen heraus.
»Ich könnte verstehen, wenn du hier bleibst und Bremen den Rücken zukehrst. Was willst du eigentlich machen, wenn dein Job hier endgültig beendet ist?«
Jan spitzte seine Ohren spockverdächtig.

Ich sah zu, wie ein paar Skateboardfahrer halsbrecherisch auf eine Bank hüpften und wieder absprangen.
Die Sonne brach durch ein paar Wolken durch, und die Häuser am anderen Ufer schienen sich komplett im glitzernden Wasser nachzubilden.
Ich blickte mich um und sah, daß Karen recht hatte. Lübeck war einfach eine wunderschöne Stadt, ein echtes Juwel.

»Na ja«, sagte ich, »wir werden ja sehen, was noch alles passiert.«
Ich blieb etwas zurück, um ein Schnürband an meinem Schuh wieder festzuzurren. Als ich mich aufrichtete, sah ich die beiden Menschen, die mir am meisten bedeuteten.
Sie unterhielten sich miteinander und blieben dann stehen, um auf mich zu warten.
Mich durchflutete völlig unerwartet, aber um so angenehmer, ein heißes Glücksgefühl. Die Luft war angenehm mild, ich war lebendig und gesund, hatte eine interessante, gut bezahlte Arbeit, eine gemütliche Wohnung, ich war in

einer so schönen Stadt dieser Erde, daß es Jahrhunderte gedauert hatte, sie so hinzubekommen, wie sie jetzt war, und ich hatte diese beiden Menschen, jeder auf seine Art und Weise so wichtig für mich.

Ich spürte plötzlich den Impuls in mir, es den Jugendlichen nachzumachen und auch auf eine Bank zu springen.

Ich schloß wieder zu den beiden auf und hakte sie links und rechts unter.

Dann sagte ich sehr zufrieden: »Wir werden ja sehen.«

# Epilog

Die Zahl der Straßenkinder allein in St. Petersburg wird auf mindestens 10.000 Kinder geschätzt. Der Staat ist mit diesem neuen Phänomen überfordert und weiß außer dem Einsatz der Miliz kaum eine Antwort.

Das sozial-medizinische Hilfsprojekt »Ostrov« (deutsch: Insel) kann pro Tag 30-40 Kinder hauptsächlich medizinisch betreuen (ganz gesund ist kaum ein Kind), ihnen Waschmöglichkeiten und ein warmes Essen anbieten. Abends müssen die Kinder wieder auf die Straße. Es ist vorgeschrieben, daß das Haus nachts schließen muß.

Pjotrs Geschichte ist eine Fiktion.

Die wahren Erlebnisse dieser Straßenkinder, würde vermutlich sowieso kein Mensch glauben.

2. Auflage!

Kerstin Schmolz

# Im Schatten der Stadtmusikanten

ISBN 3-933766-03-6
DM 14,90

»Ich beschloß, den Arm besser nicht anzufassen ( nicht so sehr aus kriminalistischen Überlegungen, sondern einfach, weil es mich ekelte) und nicht die Suche nach anderen Körperteilen aufzunehmen.«

Eine junge Frau tritt in das Leben der Bremer Psychologiestudentin Karen Fischer - Stück für Stück!

»Mir wurde klar, daß mein Leben sich verändern würde, schon verändert hatte, ich vermutlich nichts mehr daran drehen konnte.«

Verschiedene Spuren deuten auf einen Zusammenhang mit dem Universitäts-Forschungsprojekt "Trance im Alltag", an dem Karens Freundin Marlene mitwirkt.
Skrupellose Professoren, ein gefährlicher Psychopath und ein geheimnisvoller Lebensretter kreuzen Karens Weg auf der Suche nach dem *Warum.*

Kerstin Schmolz

# Die Stadtmusikanten und die Räuber

ISBN 3-933766-05-2
DM 16,90

Mißhandelte Usambaraveilchen, tote Hamster und geköpfte Kuscheltiere.

Eine rätselhafte Einbruchserie hält Bremens Polizei in Atem.

Was zunächst noch aussah wie ein makabrer Scherz, entpuppt sich langsam als perverses Markenzeichen eines gefährlichen Psychopathen.

Als es Diplom-Psychologin Karen Fischer und Hauptkommissar Thomas Lenz endlich gelingt, sich in die Gedanken des "Vollstreckers Gottes" hineinzuversetzen und seinen Plan zu durchschauen, ist die Katastrophe fast nicht mehr aufzuhalten...

4. Auflage!

Nicole Maibaum

**Schweinerei im Bürgerpark**

ISBN 3-933766-02-8

DM 14,90

Hugo und Erna, das Wildschweinehepaar aus dem Bürgerpark, sind nicht mehr allein. Im Matsch ihres Geheges wird im Morgengrauen die blutige Leiche einer jungen Frau gefunden.

Wer ist die Tote? Was hat die Einweihung der neuen Straßenbahnlinien damit zu tun? Ist der Triebtäter vom Teerhof wirklich gefährlich? Und was weiß der junge Mann aus der Alten Neustadt?

Ein Fall für Kommissar Kerschke und seinen Assistenten Michi Bertram von der Bremer Kripo.

*»...eine grausame... gleichermaßen spannende wie amüsante Geschichte...«*

Weser Report, Bremen

*»Beeindruckend: Nicole Maibaum baut den Spannungsbogen stringent auf, ohne den roten Faden zu verlieren.«*

PRINZ

Sabrina Polastri

**Zurück in WOB**

ISBN 3-933766-01-X

DM 14,90

Eine Tänzerin des Mittellandkanalbalett ist an eine Plakatwand genagelt worden.
Die Mordkommission ermittelt in den Reihen des Ballett. Sie stößt dabei auf Äußerungen, die zu einer Autofabrik führen. Hier gibt es Unstimmigkeiten, die in Kommissarin Schwab einen schwerwiegenden Verdacht aufkommen lassen. Gleichzeitig interessiert sich der gelangweilte Sven Veit für den Fall. Er verdächtigt einen italienischen Frührentner, einen perversen Lustmord begangen zu haben. Von der Kommissarin nicht ernst genommen beschließt er, den Fall in gefährlichem Alleingang zu lösen...

*» So ist das 127seitige Werk.... eine fesselnde Kriminalstory mit überaschenden Wendungen, eine Liebesgeschichte und das feinfühlige Portrait eines Psychopathen. «*

Graffiti, Braunschweig